La chasse aux masques

Béa et Mia

La chasse aux masques

Fredrick D'Anterny

ÉDITIONS
MICHEL
QUINTIN

Catalogage avant publication de Bibliothèque et Archives
nationales du Québec et Bibliothèque et Archives Canada

D'Anterny, Fredrick

    Béa et Mia

    Sommaire : 3. La chasse aux masques.
    Pour les jeunes de 11 ans et plus.

    ISBN 978-2-89435-786-6 (vol. 3)

    I. D'Anterny, Fredrick. Chasse aux masques. II.
Titre. III. Titre : La chasse aux masques.

PS8557.A576B42 2014   jC843'.54   C2014-941040-9
PS9557.A576B42 2014

Illustration de la page couverture : Estelle Bachelard
Conception de la couverture et infographie :
          Marie-Ève Boisvert, Éditions Michel Quintin

 Le Conseil des Arts du Canada
The Canada Council for the Arts   Québec   Patrimoine   Canadian
canadien   Heritage

La publication de cet ouvrage a été réalisée grâce au soutien financier
du Conseil des Arts du Canada et de la SODEC.

De plus, les Éditions Michel Quintin reconnaissent l'aide financière
du gouvernement du Canada par l'entremise du Fonds du livre du
Canada pour leurs activités d'édition.

Gouvernement du Québec – Programme de crédit d'impôt
pour l'édition de livres – Gestion SODEC

ISBN 978-2-89435-786-6

Dépôt légal – Bibliothèque et Archives nationales du Québec, 2015
Dépôt légal – Bibliothèque et Archives Canada, 2015

Éditions Michel Quintin
4770, rue Foster, Waterloo (Québec)
Canada J0E 2N0
Tél. : 450 539-3774
Téléc. : 450 539-4905
editionsmichelquintin.ca

1 5 - A G M V - 1

Imprimé au Canada

Avant de commencer…

Blogue de Mia

L'année dernière, Emma, notre mère, est morte. Plus exactement, elle est partie vivre sur l'étoile Alpha du Centaure. Je n'invente rien! Juste avant de partir, c'est elle qui me l'a dit. Alors, même si Béa pense que je raconte n'importe quoi, moi, j'y crois.

Ensuite, papa est enfin revenu d'on ne sait trop où. Mais, au lieu de faire le travail de maman et de s'occuper de nous, il nous a prises sous le bras et nous a emmenées vivre dans la jungle du Mexique[1], soi-disant pour qu'on l'aide à déterrer des crânes. Depuis, lorsqu'il est envoyé en mission quelque part, il nous dit chaque fois:

— Je vous offre le monde.

— Avoue qu'on voit du pays!

---

1. Voir *Béa et Mia 1 – Les super blogueuses,* Éditions Michel Quintin.

Ça, c'est ma sœur Béa qui prend sa défense. Elle est fatigante avec sa manie de toujours me contredire.

Enfin, voilà ce qui explique pourquoi, il y a quatre jours, nous avons quitté notre bel hôtel blanc en forfait tout compris sur le bord de l'océan, à Lima, au Pérou, pour nous retrouver encore au milieu de nulle part, cette fois-ci en Afrique de l'Ouest, au Mali, au pied d'une falaise longue de deux cents kilomètres. Une falaise sacrée, à ce qu'il paraît!

Notre père le pense, en tout cas.

Me voilà donc avec les sept cent mille habitants du pays Dogon.

Et aussi avec ma sœur, Béa, et son petit ami, Denis-le-pas-beau.

Bon, je ne veux pas avoir l'air de la fille qui se plaint – encore! comme dirait Béa. Mais, le pays Dogon, c'est une plaine aussi sèche que la peau d'un vieux crocodile. Mettez de la brousse tout autour et posez dessus la fameuse falaise sacrée de Bandiagara, et vous aurez une bonne idée de ce à quoi ressemble notre nouvel univers.

Heureusement, je retrouve quand même des choses que je connais. Notre vieux motorisé déglingué, par exemple. On l'avait déjà, au Mexique, quand on cherchait des crânes olmèques. Ensuite, pendant qu'on était au Pérou à trouver pourquoi les anciens Nazcas avaient tracé des milliers de lignes sur le sol, il était en réparation et, nous, on logeait dans une pension[1].

Mais notre bon vieux VR nous a suivis chez les Dogons. Imaginez – beurk – ma joie !

Le VR est donc là, comme notre professeure particulière, Miss Eulalie Bloomdale, de retour de Suisse, où elle est allée passer les vacances de Noël chez ses parents.

Notre père, Nathaniel Thompson, est présent lui aussi, bien entendu, avec le contremaître Ari Matox, qui ne nous aime pas beaucoup, Béa et moi. C'est pas grave, nous non plus, on ne l'aime pas tellement. Faut faire ça juste, non ?

Sauf que, selon ce que j'ai compris, ici, près de la petite ville de Bandiagara, notre père n'a rien à gratter ni rien à trouver dans la terre, genre des ossements, des crânes, des momies ou les autres trucs dégueu qui l'intéressent d'habitude. Non. Il est venu ici pour apprendre des secrets. Des secrets de quoi ? Ça, c'est apparemment trop secret pour moi. Et, franchement, c'est énervant. Car, après tout, les deux dernières fois, au Mexique et au Pérou, en tout cas pour le vol de la momie, c'est quand même moi qui ai sauvé tout le monde. Enfin, avec l'aide de Béa… mais un petit peu seulement.

Tout ça pour dire que, au cours des trois derniers jours, je ne suis pas sortie beaucoup. C'est même Béa qui s'occupe de Chaussette,

---

1. Voir *Béa et Mia 2 – Des lignes et des embrouilles*, Éditions Michel Quintin.

mon chien super mignon aux oreilles pendantes et aux taches couleur chocolat.

Il faut dire que, dehors, le soleil tape dur et l'air est brûlant comme du feu. Et on n'est qu'au mois de janvier! Et puis, il n'y a rien que des cailloux et des insectes, et aussi des animaux sauvages. Pour être franche, il y a aussi des gens vraiment bizarres.

Hier soir, Béa m'a dit:

— T'es pas capable.

Entendez par là qu'elle me traite de trouillarde.

— Depuis trois jours, qu'elle a ajouté, tu restes cachée dans le VR comme une poule mouillée. T'as peur que le soleil abîme tes cheveux et ta peau. T'es qu'une dégonflée!

— Et le décalage horaire! que je lui ai répondu. Ça compte, ça, non? Moi, ça me prend minimum une semaine pour m'habituer. Alors, ne m'embête pas jusqu'à…

Mais, la vérité, c'est qu'il y a Denis.

Vous avez bien lu.

Denis, son presque déjà ou peut-être pas tout à fait encore, finalement, petit ami, avec qui Béa échangeait des courriels et des textos à longueur de journée. Eh bien, elle n'a plus besoin de le faire. Car Denis est là, avec elle, avec nous, partout, même dans le VR.

C'est simple. Pour aller aux toilettes, on se marche dessus. C'est comme qui dirait étouffant.

J'suis pas capable, moi?

Ben ils n'ont encore rien vu.

Là, j'arrête d'écrire et un, deux, trois! J'en ai marre, hop! je sors…

1

Ah ouais, j'suis pas capable!

Le camp était situé au pied des derniers remblais de la falaise sacrée, dans une clairière dégagée entre des baobabs et une plaine immense où paissaient quelques chèvres. Il y avait le motorisé blanc recouvert de poussière et de boue séchée et deux tentes, une pour Nathaniel Thompson, l'archéologue savant, l'autre pour le contremaître Ari Matox.

— Contremaître de quoi? rouspétait Mia. Papa n'a pas d'équipe, cette fois. On est vraiment seuls, sans aucune protection, chez les sauvages.

Ce à quoi Denis ne pouvait s'empêcher de répliquer, avec son air d'intellectuel à la manque, que les Dogons n'étaient pas des sauvages. Au contraire! Que c'était une des raisons pour lesquelles, sans doute, la Fondation les avait envoyés là.

Mia trouvait que Béa regardait son Denis avec des yeux de merlan frit, du genre : « Ouah ! c'est un merlan frit, mais au moins, c'est le mien ! »

Le jour se levait. D'ordinaire, Mia était la dernière à sortir de son lit. Mais pas ce matin.

La porte du motorisé grinça et Chaussette, qui dormait sur le seuil, ouvrit un œil étonné. Sa petite maîtresse mettait enfin le nez dehors ! Tout joyeux, il s'ébroua et tenta – c'était une de ses manies – de se dresser sur ses pattes de derrière et de prendre appui sur elle. Mais Mia avait une sainte horreur de la saleté et elle le grondait toujours.

— Du calme ! lui intima-t-elle.

Chaussette comprit aussitôt que la jeune fille avait une idée derrière la tête.

Elle portait contre sa volonté une longue tunique en coton de couleur pain brûlé. Ce n'était pas très beau. Il existait tant d'autres vêtements à fleurs, par exemple, que portaient les femmes dogons ! Mais Miss Bloomdale avait insisté ; sa tunique empêcherait sûrement les rayons du soleil d'abîmer sa peau, ce qui pour Mia était finalement de la plus haute importance. Un pantalon, des bottes de randonnée et un large chapeau qui la faisait ressembler à une sorcière complétaient sa triste tenue.

Elle se pencha sur le teckel et l'avertit :

— Surtout, ne les réveillons pas. Je suis en mission…

Puis elle partit en direction du grand pic déchiqueté qui s'élevait à quelques centaines de mètres. En chemin, elle contourna d'énormes blocs de grès tombés de la falaise des milliers d'années auparavant, juste, apparemment, pour lui bloquer le passage.

Béa et Denis prétendaient que, pour se rendre au village de Yoyé, il fallait suivre des sentiers abrupts connus des seuls habitants. Des sentiers de chèvres.

— Pourvu que je ne rencontre personne, murmura Mia en marchant, le dos courbé comme si elle n'avait pas le droit d'être là.

En réalité, elle n'avait pas vraiment envie de se montrer, affublée comme elle l'était.

Son but était de gagner un promontoire de grès brun, ocre ou orange – elle n'était pas sûre de sa couleur – d'où Béa, Denis et même Miss Bloomdale étaient revenus extasiés. Devant quoi au fait? Le paysage? La vue? Mia avait décidé d'y aller elle aussi. Pour leur montrer. Non, mais…

Chaussette trottait joyeusement derrière elle.

Ils croisèrent un groupe de jeunes Dogons. Avec leur regard noir et leurs dents très blanches, ils ressemblaient à des spectres. En la voyant, ils poussèrent des rires aigus. Mia rentra encore davantage la tête dans les épaules.

Entre eux, ils ne parlaient ni le français, qui était pourtant la langue officielle du Mali, ni le bambara, la deuxième langue. Ils baragouinaient plutôt le *dogosso*, ou à la rigueur le *tomon kan*, leur dialecte local. Les sons étaient âpres et aussi coupants que des cailloux frappés les uns contre les autres.

Essoufflée par son escalade, Mia se hissa sur le fameux promontoire. Bon, d'accord, de là, elle avait une belle vue. Devant, la plaine s'étendait à l'infini, plein est ou presque. Derrière elle s'élevait la falaise, « comme un énorme capuchon posé là par des géants », se dit-elle. En cette heure si matinale, le soleil pointait à peine à l'horizon. Hélas ! même avec cette lumière pure et vive, les replis de la falaise empêchaient de bien voir la forme des cases qui composaient le village. Ce village qui était, au dire de Nathaniel, si bien sculpté dans la roche qu'il était presque invisible, même en plein jour.

Mia contemplait le pic déchiqueté dressé devant elle. Pour les Dogons, cette aiguille de grès était une espèce de dieu. Elle avait du charme, c'était vrai. Et le reste aussi avait quelque chose de particulier, d'intéressant, d'attirant. Sauf qu'elle avait bien du mal à comprendre pourquoi Béa et Denis préféraient ce paysage désolé, poussiéreux et rempli de cailloux aux belles plages de Lima.

Soudain, un bruit fit sursauter Chaussette. Au lieu de grogner, le chien s'immobilisa. Ses oreilles se dressèrent et il resta ainsi, la gueule à moitié ouverte et les yeux fixes.

Mia aussi était raide comme un morceau de bois. Qu'est-ce qui allait sortir des buissons ? Un éléphant ? Un lion ? Un crocodile ?

Une main noire écarta les épineux. Un couple d'adolescents apparut, l'air d'être aussi épouvantés que Mia.

Ils se regardèrent sans parler. La fille avait environ seize ans. Elle était habillée d'une tunique bleue et d'une longue jupe à motifs orange et jaune. Elle portait des anneaux en bois autour des poignets et trois autres plus petits à l'oreille droite. Le garçon devait avoir le même âge. Il avait des cheveux noirs crépus ainsi que des lèvres épaisses ; il fronçait les sourcils et laissait voir ses dents pointues.

« Il me regarde comme si j'étais une espèce de monstre, se dit Mia. Ils ne sont pas bien dans leur tête, ces deux-là ! »

Le garçon était vêtu d'un pantalon de toile et d'un chandail en coton sur lequel était pourtant inscrit, en anglais : *Smile and enjoy, life is good*[1] !

Ils demeurèrent tous les trois immobiles pendant quelques secondes. Mia retenait Chaussette. Brusquement, sans lui avoir adressé la moindre parole, les deux jeunes Dogons disparurent comme ils étaient venus.

Mia sentit une présence derrière elle. Elle s'attendait à voir Béa et Denis, montés eux aussi pour profiter de la vue et la féliciter d'avoir surmonté ses peurs. Mais elle ne découvrit qu'une vieille femme à l'air pas commode du tout. Très maigre et plissée, affublée également d'un habit bleu grossièrement cousu à la main, elle était appuyée

---

1. « La vie est belle, souris et profites-en ! » (anglais).

15

sur un bâton aussi tordu qu'elle. Ses yeux ressemblaient à deux billes de feu et elle paraissait chercher quelque chose ou quelqu'un.

Au bout d'une longue minute, l'inconnue adressa trois ou quatre mots étranges à Mia qui, bien entendu, n'en comprit rien.

La jeune fille dégringola alors le sentier escarpé et rentra au camp, poursuivie par le regard brûlant de cette femme dogon. Le cœur battant, regrettant presque son audace, elle alla se recoucher... en sachant bien qu'elle ne pourrait pas se rendormir.

Il était à peine six heures quarante du matin...

Blogue de Béa

Cela fait «officiellement» cinq jours que Denis vit avec nous, et c'est merveilleux! En quinze mots comme en cent, ses parents et lui sont venus nous rejoindre au Pérou, à Lima, et nous avons passé une semaine formidable ensemble, dans le même hôtel. Denis avait bien préparé son coup. En fait, il le préparait depuis des mois, depuis notre départ pour le Mexique, après la mort de maman.

Il avait travaillé ses parents de son côté. Moi, j'avais fait la même chose avec papa; je lui avais fait valoir que ce serait bien mieux pour tout le monde si Denis nous suivait dans nos séjours sur les divers sites archéologiques où nous entraînait son métier.

L'idée pouvait paraître bizarre, mais, tout compte fait, le hasard nous a aidés. Je veux dire par là que plusieurs événements se sont produits en même temps. En premier lieu, Paillasson, le vieux chien que Mia avait confié à Denis, est mort brusquement un matin, on ne sait pas trop de quoi. Ensuite, Biscuit, le perroquet que je lui avais donné, a séduit une de ses tantes qui vit seule. La dame a voulu l'adopter. Mais, ce que les parents de Denis ont finalement compris et que Denis leur a bien expliqué, c'est que, de vivre une année à bord d'une caravane sur différents chantiers de fouilles dans le monde, c'était une excellente occasion pour leur fils d'apprendre la vie.

Finalement, quand il a été décidé que Denis repartirait avec nous, tout a semblé simple, logique et parfait.

Maman appelait ça le « hasard intelligent ». Du style selon lequel, si on veut quelque chose très, très fort et que, en plus, c'est bon pour nous et pour les autres, eh bien ! la vie s'arrange pour nous l'amener sur un plateau d'argent.

Papa dit que le patron de la Fondation, M. Christopher Bénédicte, l'apprécie beaucoup. C'est la raison pour laquelle il ne le laisse pas longtemps en vacances et qu'il lui trouve rapidement d'autres missions archéo ou anthropologiques. Entre nous, contrairement à ce que dit Matox, je pense que M. Bénédicte aime bien que nous soyons avec notre père. Après tout, les deux dernières missions ont été une grande réussite, en partie, sans fausse modestie, grâce à nous !

Il doit donc s'être dit qu'un enfant de plus, surtout un garçon aussi génial, intelligent et débrouillard que Denis, c'était un atout… Tant pis pour le contremaître qui nous fait toujours la grimace.

Ça s'est fait très vite. Après notre semaine de vacances à Lima, on a pris l'avion pour l'Afrique. On a fait une escale à Dakar et une autre à Bamako, pour atterrir à l'aéroport de Mopti Ambodédjo. Surprise ! Notre motorisé nous y attendait ! Ari Matox était arrivé la veille et il s'était déjà arrangé avec le transport.

De l'aéroport, nous avons roulé en jeep jusqu'à Bandiagara sur une route qui nous a bien étonnés, car elle n'était pas aussi défoncée ni aussi cabossée qu'on s'y était attendus. En fait, l'ancienne piste a été dernièrement goudronnée, ce qui permet aux autobus de touristes de se rendre plus facilement dans cette ville située à une soixantaine de kilomètres du carrefour de Sévaré.

Matox nous suivait avec le motorisé remis à neuf au Mexique et venu, lui, par bateau-cargo. Ça nous faisait tout drôle de le revoir en Afrique ! Le VR, pas Matox !

Bien entendu, les deux premiers jours, on a tous été un peu malades. La fatigue, le stress, la nourriture différente et, nous a dit notre père, la réaction de nos corps au décalage horaire. La routine, quoi !

Ainsi, pour l'organisation, ça se passe comme ça : Denis dort sur la couchette située au-dessus du siège du conducteur ; la nuit, il tire son rideau et hop ! il est chez lui. Le matin, on se lève très tôt, on déjeune et ensuite Miss Bloomdale nous fait la classe.

Au fait, Eulalie nous a rejoints un jour après notre installation en contrebas du petit village dogon de Yoyé, près de Dourou. Elle aussi, ça faisait bizarre de l'avoir vue partir à l'aéroport de Lima peu avant Noël et de la voir réapparaître juchée sur le dos d'un âne mené à la main par un jeune guide dogon.

Moi, j'ai encore l'impression de rêver. Denis ici, avec nous ! Oh là là ! C'est hyper cool, non ? Qui aurait pu le croire ! Comme quoi la vie est bien faite.

Denis, il...

2

De la magie dans le sable

Béa cessa brusquement d'écrire ; une silhouette se tenait debout devant elle.

— Salut.

— Salut.

Denis avait l'air gêné. Il s'était levé et approché sur la pointe des pieds. Le lit de Béa était super-posé à son bureau. Tout était vraiment comme elle le lui avait décrit, comme il l'avait lui-même imaginé. En face se trouvaient le bureau et la couchette de Mia, pour le moment dissimulés derrière un rideau en tissu bleu.

— Il est presque sept heures, murmura Denis. Dehors, le jour se lève. Sur le promontoire, la vue doit être super géniale. Tout le monde dort. Tu viens ?

Mal à l'aise, Béa sourit. Elle avait encore les yeux collés et la bouche pâteuse. Déjà qu'elle ne se trouvait pas très jolie ! Mais comment résister à l'enthousiasme d'un Denis récemment arraché à la civilisation et au béton qui découvrait le monde ?

Elle passa aux toilettes, but un verre d'eau, se brossa les dents et s'habilla en vitesse. Mia, c'était sûr, dormait encore à poings fermés, se disait-elle. Quant à Miss Bloomdale, inutile d'en parler. De Mia ou d'elle, ils ne savaient pas trop qui était la plus marmotte. Comme le disait Denis, tant pis pour elles ! La beauté de cette fin de lever de soleil serait rien que pour eux deux.

Dès qu'ils furent sortis, Mia tira son rideau. Elle ricanait. Personne ne s'était douté que, ce matin, elle s'était levée avant tout le monde et qu'en plus c'était elle, et elle seule, qui avait vu le soleil tout petit en train de se lever pour de vrai !

Mais elle ressentait à présent un grand vide dans son ventre. Sa gorge était serrée. En plus, elle avait un peu envie de pleurer. Elle imaginait Chaussette gambadant entre Béa et Denis. Dire que ces deux-là se tenaient peut-être la main, comme plus tôt les deux jeunes Dogons qu'elle avait surpris sur le promontoire ! Rien que d'y penser, elle était encore plus déprimée.

Tout en déambulant dans la rocaille, Denis se rappelait l'étrange spectacle qu'il avait remarqué la veille. Un vieil homme s'était installé sur une roche devant un coin de sol sablonneux et y avait tracé des symboles de la pointe d'un bâton. Ce sage dogon dessinait pour ses élèves rassemblés autour de lui l'histoire de leur peuple.

Comme le jour précédent, le vieil homme était au rendez-vous. Vêtu d'une défroque en tissu bleu, le corps penché en avant et le regard perdu dans le vide, il maniait son bâton sous l'œil concentré et respectueux d'une dizaine d'adolescents.

Denis et Béa s'arrêtèrent à quelques pas. En les voyant venir, des têtes se relevèrent et des visages se tendirent. Plusieurs élèves froncèrent les sourcils.

— Je crois qu'ils trouvent qu'il est trop tôt pour les touristes, laissa tomber Denis. C'est dommage, je voulais…

Soudain, une femme les héla.

— Hé, vous !

— Nous ? fit Béa.

La femme dogon secoua le menton.

— Moi ? se récria alors la jeune fille.

Cette fois, l'inconnue sourit et lui fit signe de la rejoindre.

— Viens ici, filles pas voir, interdites ! hurlat-elle dans un très mauvais français.

Denis resta seul en retrait, tandis que le sage poursuivait la leçon. Il était navré que ce savoir ancestral ne soit pas également accessible aux filles, mais il devait respecter la coutume. Ce qui ne l'empêcha pas de suivre le discours du vieillard avec une attention soutenue. Il eut même une bonne idée…

De retour au camp, pendant le petit-déjeuner qu'ils prenaient tous ensemble sous un auvent de toile, Denis exposa sa théorie.

— Le vieux sage parlait des dieux Ama et Namo. Je n'ai compris que quelques mots, bien sûr, puisque je viens tout juste de me mettre à l'apprentissage de la langue des Dogons. Il a même tracé leur symbole dans le sable. Je crois que j'ai reconnu celui d'une étoile…

— Sirius B, compléta Nathaniel, enchanté de trouver chez Denis un esprit aussi vif que l'était le sien.

Mia gardait le nez dans son assiette de bachi, une sorte de couscous local. En guise de boisson, ils buvaient chacun un verre de dégué, soit du lait caillé mélangé à du mil et du sucre. Contrairement à l'expérience qu'ils avaient vécue au Pérou, où ils n'avaient eu droit qu'à des petits-déjeuners presque continentaux, ils avaient souhaité cette fois être couleur locale. Eh bien, ils l'étaient !

Entre deux bouchées, l'archéologue expliqua que les Dogons possédaient des connaissances très poussées en astronomie et que c'était précisément ce savoir d'origine mystérieuse qui constituait la raison de leur présence au Mali.

Lorsque les enfants voulurent en apprendre davantage, le contremaître se leva d'un bond.

— Il est temps d'y aller, professeur, les coupa-t-il.

Après avoir salué Eulalie Bloomdale, souriante et vêtue de coton et de voiles blancs, il poussa presque Nathaniel sur le sentier qui montait à l'assaut de la falaise.

— Chaque matin, ils partent, fit pensivement Béa. Mais pour quoi faire, au juste ? C'est un secret, à ce qu'il paraît.

Miss Bloomdale les rappela à l'ordre. Il fallait débarrasser la table et faire la vaisselle.

— À qui le tour, aujourd'hui ? demanda-t-elle. Ensuite, vous sortirez vos cahiers. Ce matin, leçon de français, puis de géographie et d'histoire. Puisque nous sommes au Mali, j'ai pensé qu'il vous ferait plaisir d'étudier un peu la condition particulière de ce pays ainsi que son histoire récente.

Denis et Béa poussèrent des hourras et se claquèrent mutuellement la paume des mains. Mia, elle, se renfrogna.

— Bien, je vois que nous sommes tous d'accord ! s'exclama joyeusement l'enseignante.

« C'est ça, je suis invisible ! Car, vraiment, est-ce que j'ai l'air d'accord, moi ? » songeait Mia.

L'enseignante remonta dans le motorisé pour se préparer, tandis que Denis prêtait main-forte à Béa pour débarrasser.

— Merci de nous aider, fit la jeune fille à sa sœur qui traînassait.

Sa cadette haussa les épaules.

Avant le début des cours, Denis s'approcha de ses amies. Tous trois s'assirent en tailleur sur une couverture. L'ombre du baobab adansonia ne les couvrait pas vraiment, ce qui n'était pas un problème car, de toute manière, il ne faisait pas assez chaud pour se prélasser.

Chaussette allait et venait autour d'eux. Mia avait décidé de le garder en laisse jusqu'à ce qu'ils en sachent un peu plus sur les mœurs des Dogons.

— Ne crains rien, avait pourtant tenté de la rassurer Denis, ils ne mangent pas de chien. Enfin, je ne crois pas...

— Très drôle !

— Regarde comme il est malheureux ! Moi, je lui rendrais la liberté, à ce chien. Il est peut-être énervé, mais il ne manque pas d'intelligence.

— C'est mon chien et c'est moi qui décide, rétorqua Mia.

Denis pouffa de rire. «Cette fille, quel caractère !» semblait-il se dire. De retour sous le baobab, il reprit son air sérieux.

— Tiens, Béa, regarde un peu !

Il lui tendit son iPad.

La jeune fille ouvrit de grands yeux.

— Tu as...

— C'est sûr ! Qu'est-ce que tu croyais !

Mia se pencha et rechigna.

— Je ne crois pas que papa serait heureux d'apprendre que tu as photographié en cachette les signes des Dogons, Denis !

Le garçon baissa les yeux. Il s'était dit la même chose, mais ç'avait été plus fort que lui. Il trouvait tellement injuste qu'on empêche les filles de savoir !

Sur ce, Miss Bloomdale reparut, encore plus fraîche que plus tôt et toute disposée à leur donner le cours.

Durant la matinée, pendant qu'Eulalie parlait du Mali, dont les deux tiers étaient presque inhabités à cause du désert trop envahissant, Mia ne put sortir de sa déprime. En plus, Béa et Denis n'arrêtaient pas de rigoler et de se sourire bêtement.

Elle décida alors qu'elle aussi avait le droit d'avoir ses petits secrets. Les deux amoureux effrayés de ce matin, par exemple !

Miss Bloomdale parlait de l'histoire de la petite ville de Bandiagara. On avait le choix entre deux versions possibles de la fondation de la municipalité. Les Peulhs affirmaient qu'elle avait été créée par la dynastie des souverains Toucouleurs…

— Vous avez bien entendu, commenta Miss Bloomdale. Une famille de rois a effectivement porté ce nom-là. Mais les Dogons racontent, eux, que Bandiagara a été fondée en 1770 par un chasseur dogon nommé Nangabanu Tembély.

Pendant que l'enseignante parlait d'histoire, Mia ne cessait de réfléchir aux deux jeunes gens effrayés qui se cachaient, tôt le matin, dans les épineux. Et elle inventait à leur sujet toutes sortes d'aventures romanesques.

— Tu es bien pensive, Mia! fit remarquer l'enseignante.

— Heu, oui, je pensais à ces rois, les Tout-en-couleurs, et à cette forteresse qu'on peut encore admirer aujourd'hui dans la ville, selon vos propos.

— Certainement, répondit Eulalie. On va d'ailleurs aller la visiter cette semaine ou la suivante. Ça dépend des disponibilités de M. Matox.

Ce disant, le visage de la jeune femme s'arrondit d'un sourire. Si Béa ne se rendit compte de rien parce qu'elle regardait trop son Denis, Mia le vit et cela ne lui plut guère.

En après-midi, Mia paressa au soleil pendant que Béa et Denis décidaient d'aller vadrouiller.

— On va écouter répéter les griots! Tu viens avec nous? lui demanda Denis.

Mia refusa. Les griots sont des musiciens-poètes. Mais elle préférait rester allongée à l'ombre sur sa chaise longue, et déguster des morceaux de pain de singe, le fruit du baobab qui était, de l'aveu même de Miss Bloomdale, très riche en vitamine C. De plus, l'autre jour, Denis était revenu les vêtements à moitié déchirés et il avait fallu une bonne heure pour lui enlever toutes les herbes aux graines acérées, les célèbres cram-crams, accrochées à son fond de pantalon.

— Très peu pour moi ! Je préfère profiter des bonnes choses de la vie, répéta Mia en sortant son vernis à ongles.

Béa leva les yeux au ciel.

— OK, d'accord. Mais ne va pas dire ensuite qu'on ne t'a rien proposé.

— Je te dis que j'en ai pas envie. Point final.

Elle se dressa sur un coude.

— Et toi, Chaussette, tu restes ici !

Le jeune teckel baissa aussitôt les oreilles. Il avait un air piteux. Mais mieux valait le voir triste qu'avalé par un Dogon, un crocodile ou bien un hippopotame. Il y en avait de toutes les tailles, dans la rivière Yami !

Peu après, alors qu'elle somnolait en rêvassant, Mia entendit parler français. Elle battit des cils et vit Miss Bloomdale papillonner autour de plusieurs personnes toutes bronzées, visiblement des Européens qui portaient des chandails mode, des lunettes de soleil et des jeans délavés.

Le groupe de touristes la salua. Comment cela se faisait-il que des compatriotes vivaient dans un motorisé et des tentes au pied de la falaise sacrée des Dogons ? semblaient-ils se demander.

— Nous sommes les invités du chef de ce village, expliqua Miss Bloomdale. Le père des filles est archéologue…

Mia grimaça. Elle ne pouvait donc pas avoir un instant de tranquillité ? Partout où ils allaient, même au milieu de nulle part, il fallait qu'il y ait du monde! En plus, elle se rendit compte que Béa et Denis étaient déjà revenus.

Un regard insistant, noir et profond, la fit grimacer.

— Kassemba? lâcha-t-elle.

Le jeune guide dogon qui les avait accueillis à leur arrivée au village lui adressa un large et franc sourire. Il devait avoir treize ou quatorze ans, mais c'était déjà presque un homme. À preuve, il s'était autoproclamé guide et, en vérité, même sans réelle formation, il faisait du bon travail. Les touristes appréciaient sa vivacité d'esprit, sa débrouillardise et sa connaissance du terrain. Pour cela, ils lui donnaient de généreux pourboires.

— Pourquoi il me regarde comme ça? se plaignit Mia en grimaçant.

— Il a peut-être un œil sur toi, supposa Béa.

— C'est une blague, j'espère!

— Hé, je te fais un compliment, là! Ce n'est pas de ma faute si tu prends tout de travers.

Denis fut obligé d'intervenir pour couper court à l'altercation. Mais dans les circonstances, l'intuition de Béa disait vrai; Kassemba la trouvait effectivement à son goût.

Pendant que les touristes se préparaient à entamer la rude ascension menant au village, le jeune guide se pencha vers elle et lui glissa à mi-voix:

— Merci de n'avoir rien dit!

Kassemba hocha du chef et précisa, car Mia n'avait pas l'air de comprendre :

— Le couple que tu as croisé ce matin. Naïté est ma sœur…

Ce qui n'expliquait rien, ou presque. Il allait en dire davantage quand un type grand et bien bâti vêtu de la tunique bleue des Dogons planta son long bâton dans le sol. Kassemba se figea.

Mia fronça les sourcils et contempla ce Dogon sévère qui venait sans nul doute de rappeler le garçon à l'ordre. Elle songea, morose : « Ce matin, j'ai eu droit à la vieille femme, et maintenant c'est ce bonhomme menaçant… »

Après le départ de Kassemba et des touristes, elle repensa à ce qu'elle avait vécu durant la matinée. Juste avant de se replonger dans sa sieste, elle dit à Chaussette :

— Si j'étais une auteure de livres à suspense, ce serait facile pour moi d'imaginer qu'il se passe des choses louches ici depuis notre arrivée. Je pourrais même écrire une histoire d'horreur. Tu ne crois pas ?

Le jeune teckel lui bâilla en pleine face.

— Toi, au moins, tu ne t'en fais pas. Hein !

Maintenant, ce qu'elle voulait, c'était faire comme Miss Bloomdale, se la couler douce pendant que les autres escaladaient, visitaient, crapahutaient et se fatiguaient pour rien.

31

Blogue de Béa

Deux choses. D'abord, Mia nous casse les oreilles avec ses angoisses et ses prémonitions à dormir debout.

Exemple :

— Il se passe des choses, ici, qu'elle s'exclame, et vous, vous ne voyez rien !

Mais j'ai l'habitude. Chaque fois qu'on arrive quelque part, ma sœur n'aime ni l'endroit, ni les gens, ni le climat, ni ce qui s'y passe. Alors, elle s'invente des peurs. Maman disait d'ailleurs que, les peurs, il n'y a rien de plus bête et de plus grave en même temps. C'est bête parce que, souvent, les peurs ne sont pas fondées. Et c'est grave parce qu'elles ne sont pas fondées, justement. Elles peuvent donc causer beaucoup de dégâts.

Vous saisissez ?

Maman insistait là-dessus. Quand tu vois le mal partout, disait-elle, eh bien, c'est bête, mais il peut arriver pour de bon.

Là, Mia nous dit qu'un danger nous menace. Que les Dogons ne veulent pas vraiment de nous dans leur village. Bref, que nous sommes tous en danger.

Je crois qu'elle a trop regardé la télé, à Lima, dans notre bel hôtel. Ils parlaient du Mali et des troubles qui s'y sont déroulés il y a quelque temps. Mais elle a oublié d'enregistrer dans sa petite tête de fofolle que les Dogons se sont tenus bien tranquilles. Donc, pas de danger ailleurs qu'entre ses deux oreilles.

Je commence à penser que, plus tard, elle pourrait faire une bonne romancière. Je veux dire, si elle arrive à améliorer son français car, oh là là ! des fautes, elle en fait des tas ! Et, on le sait, pour écrire, pas le choix, faut être bon.

Ensuite, il y a Denis et moi. Pas besoin d'être Einstein pour deviner que Mia est jalouse.

Exemple, encore : hier soir, on était juste tous les deux, sur la falaise. Denis et moi, s'entend ! On a croisé Kassemba qui accompagnait un groupe de touristes allemands. On s'est salués. Il est sympa, Kassemba. Et puis, tout doucement, le soleil s'est couché. On l'a vu disparaître derrière les gros blocs de grès.

Denis m'a demandé de fermer les yeux et d'imaginer les Dogons d'il y a deux ou trois cents ans, d'imaginer comment ils se sentaient de voir disparaître le soleil derrière leur falaise sacrée. Il m'a dit :

— La falaise a l'air de manger le soleil. Ça devait leur faire peur ou bien les impressionner, non ?

Sans doute. Mais, en me disant cela, il avait glissé sa main dans la mienne. Alors, vous comprenez que, les anciens Dogons et leur façon de voir se coucher le soleil, je n'y pensais pas vraiment.

C'était notre coucher de soleil à nous qui m'intéressait. J'avais un peu froid. Et en même temps, je sentais une chaleur à la fois dans mon ventre et dans mon dos. C'était agréable. Bon, eh bien, ce n'est pas quelque chose que je peux raconter à Mia sans qu'elle me décoche un regard meurtrier.

Jalousie. Comme je dis.

Quand Denis était loin, chez nous, je l'imaginais avec moi. Maintenant, c'est vrai qu'il est là. Tant pis pour Mia. Moi, je sais que c'est ça, la véritable magie. Plus encore que le soleil qui descend derrière une falaise sacrée.

3

L'attaque-surprise

Ce fut au petit matin, le lendemain, que l'événement effrayant et dangereux que redoutait Mia se produisit. Depuis longtemps, c'était le silence total, et soudain elle entendit gratter et trifouiller. Quelqu'un trafiquait la serrure de la porte du VR…

La jeune fille se redressa sur sa couchette et écarta le rideau devant sa petite fenêtre en retenant son souffle.

Personne.

Où donc était passé Chaussette?

Et puis, la vérité lui apparut, entière, crue, terrible. Son chien, qu'elle n'avait finalement pas eu le cœur d'attacher, avait été mangé pendant la nuit. Résultat: ils étaient sans défense. Son cœur fit un bond dans sa poitrine et son ventre se noua.

Elle ouvrit la bouche pour appeler, mais aucun son ne franchit le seuil de ses lèvres.

Une main tira sur la poignée de la porte et l'ouvrit…

Cette fois-ci, ce fut le rideau bleu de sa couchette qu'elle ouvrit. Elle sortit sa tête. Au diable la peur ! Il fallait qu'elle sache.

Deux silhouettes se tenaient dans l'espace exigu de la cuisinette. Mia rassembla tout son courage et alluma la veilleuse au-dessus de sa tête. Elle eut un hoquet de terreur.

— Chut ! N'aie pas peur, lui souffla une voix de garçon.

Mia avait cru que l'intrus était Kassemba. Mais ce n'était pas lui. Elle chercha dans sa mémoire. Sa gorge se serra.

— Toi ? Mais…

Ce n'était pas non plus Kaylen déguisé en Dogon ; le fils du pilleur de tombes aurait bien été capable de se retrouver là[1].

Une main douce se posa sur son bras nu.

— Vous… murmura-t-elle en soupirant de soulagement. Mais qu'est-ce que vous faites ici ?

Les jeunes Dogons de l'autre jour paraissaient effrayés.

Déjà, Béa écartait son propre rideau. Elle fit une grimace. À l'avant du motorisé, Denis descendait de sa couchette et s'approchait. Mia ne put faire autrement que de leur parler de ces deux jeunes qu'elle avait rencontrés l'autre matin.

---

1. Voir *Béa et Mia – Les super blogueuses*, Éditions Michel Quintin.

— Je m'appelle Ankoulel, dit le garçon, et voici Naïté.

— Vous êtes frère et sœur ?

— Non !

Il avoua sans honte en prenant la fille dans ses bras :

— Nous nous aimons, tous les deux.

Naïté était une belle jeune fille. Elle avait de longs cheveux noirs aussi soyeux que ceux de Mia, des traits délicats, une bouche en cœur et des dents magnifiques. Son amoureux était tout aussi séduisant, avec son visage osseux, son nez fort, ses yeux perçants et ses bras très musclés.

Ils semblaient aussi terrorisés l'un que l'autre.

Denis soupira. L'amour, c'était bien. Mais qu'est-ce que ça avait à voir avec eux ?

— Il faut que vous nous aidiez, supplia alors la fille dogon.

— Vous parlez bien le français, les félicita Denis.

Béa lui pinça le bras. Ce n'était pas le moment d'échanger des compliments.

— Vous aider ? répéta-t-elle. Mais comment ?

Le dénommé Ankoulel écarquilla les yeux et les traits de son visage se tendirent. Il laissa tomber sur un ton glacial :

— Ils nous ont retrouvés…

Mia tendit l'oreille.

— Un aboiement, lâcha-t-elle. C'est Chaussette !

Des gens se rassemblaient devant le VR. Le jour se levait doucement. Les jeunes distinguaient à peine leurs silhouettes, mais ils entendaient leurs murmures de désapprobation.

— Nous sommes désolés de vous embêter, ajouta Ankoulel, mais on ne savait pas où aller.

Béa serra les dents. Elle pensait : « C'est pourtant pas les endroits qui manquent pour se cacher ! » Mais, devant l'angoisse des jeunes Dogons, elle ne dit rien.

Sur ce, Miss Bloomdale passa la tête dans l'entrebâillement de sa porte. En découvrant les intrus, elle ouvrit des yeux aussi ronds que des dessous de plats.

— Qui sont ces jeunes gens ?

Personne n'eut le temps de lui répondre, car les adultes dogons s'agglutinaient contre les vitres.

Aussitôt, les deux fugitifs s'aplatirent sur le sol. Naïté supplia encore en désignant le jeune Dogon :

— Je vous en prie, sauvez-le !

— Non, se récria Ankoulel, partons, mais ensemble.

Son amoureuse secoua la tête.

— Tu sais bien que c'est impossible.

Ankoulel se renfrogna. On cogna à la porte.

Les filles ne savaient quoi faire. Alors, Denis prit les choses en main.

— Je sais comment le faire sortir, annonça-t-il.

— Sans que les autres le voient ? s'étonna Béa.

Denis hocha le menton. Il avait découvert, sur la notice du motorisé, la nature particulière d'une modification demandée en option au constructeur.

Il marcha vers l'arrière du véhicule en y entraînant Ankoulel. Au passage, il s'excusa auprès de Miss Bloomdale, en chemise de nuit.

— Attendez encore avant d'ouvrir, recommanda-t-il aux filles.

Il souleva le matelas de l'enseignante et sa base de bois. Il sourit en voyant que la trappe indiquée sur le plan était bel et bien là.

— Cette ouverture est une chic idée ! Tu crois que tu peux t'y faufiler ? s'enquit-il auprès du fugitif.

Ankoulel opina. S'il le fallait, il passerait par un trou de souris. Juste avant qu'il ne se glisse sous le VR, Naïté vint l'embrasser. Elle lui dit quelques mots en *dogosso* que personne ne comprit. Mais ça voulait sûrement signifier : « Je t'en prie, sois prudent. » Et aussi quelque chose comme : « On se retrouve au lieu de rendez-vous prévu. »

L'instant d'après, la trappe avait de nouveau disparu sous le lit.

Pendant ce temps, Miss Bloomdale s'était rendue à l'avant du motorisé. Elle ouvrit la porte, prit un air ensommeillé et déclara, très mal à l'aise :

— Oui ? C'est à quel sujet ?

Béa et Mia étaient contentes que leur professeure embarque dans le jeu. Naïté s'était laissée tomber sur un des sièges de la cuisinette. C'était comme si, soudain, toutes ses forces l'abandonnaient.

Une douzaine de personnes se tenaient devant le motorisé. Parmi eux, Mia crut apercevoir Kassemba. À cet instant, elle se rappela ce que le jeune guide lui avait dit. Elle se retourna vers Naïté et s'enquit :

— Tu es la sœur de Kassemba, n'est-ce pas ?

La jeune Dogon soupira, puis renifla. On aurait dit qu'elle portait tout le poids du monde sur les épaules.

— Que se passe-t-il, ici ? tonna soudain une voix forte et grave.

Ari Matox apparut. Grand et costaud, il dominait la plupart des Dogons d'une tête. Béa, Mia et Eulalie eurent l'air vraiment soulagées de le voir arriver. Nathaniel suivait le contremaître.

Matox se hissa sur le marchepied du VR. Adressa-t-il un léger sourire carnassier à Miss Bloomdale ? Mia le crut, en tout cas. Puis il harangua la foule rassemblée.

Un couple d'anciens se présenta. Le vieil homme était le *Niema-Kala*, le bâtonnier de la tribu, autrement dit le chef spirituel chargé de l'éducation et de la formation des garçons.

Il fit appeler Kassemba et lui demanda de traduire.

— Il cherche un ennemi de la tribu, Ankoulel, qui s'est réfugié chez vous avec une des filles de notre clan, Naïté, expliqua Kassemba d'une voix mal assurée.

La femme qui accompagnait le bâtonnier s'avança à son tour. Le guide la désigna.

— Voici la mère-vigile. Elle s'occupe des filles.

Matox fronça les sourcils. De jeunes Dogons réfugiés dans le VR ? Il échangea quelques paroles avec Nathaniel. Mia descendit et vint murmurer à l'oreille de son père. Matox l'entendit et se redressa.

— Que le bâtonnier et la mère-vigile entrent, déclara-t-il. Ils sont les bienvenus. S'il y a des membres de votre tribu chez nous, qu'ils les prennent avec eux.

Kassemba traduisit ; les Dogons hochèrent la tête. Ces étrangers étaient justes et coopératifs. Ils demeuraient dignes de l'hospitalité qu'on leur offrait.

En entendant le ton solennel du contremaître, Mia ne put s'empêcher de penser qu'il avait un certain sens du drame et de la mise en scène, même si à cause de lui Naïté devait retourner chez les siens.

Miss Bloomdale s'écarta pour laisser passer les deux anciens.

— Vous pouvez fouiller partout, ajouta Ari Matox.

Ce fut bien ce que firent le bâtonnier et la mère-vigile.

Finalement, Naïté fut poussée dehors. Béa et Mia la regardèrent s'éloigner tristement. Elles avaient presque le même âge et elles ressentaient plus vivement que Denis, Nathaniel et Matox le désespoir et l'humiliation de la jeune fille.

Bien entendu, ils ne trouvèrent aucune trace d'Ankoulel.

Matox reprit, toujours sur le ton un peu clinquant d'un annonceur sportif télévisé :

— Nous vous remercions pour cette visite. Sachez que nous demeurons respectueux de vos coutumes. Merci encore.

Peu à peu, les Dogons se dispersèrent. Chaussette revint en trottinant. Trop heureuse de le revoir, Mia le prit contre elle et le flatta longuement.

Lorsque la clairière fut à nouveau déserte, Matox se carra devant les trois jeunes.

— Et si vous vous expliquiez, à présent !

D'après Denis et Béa, il n'y avait rien de spécial à raconter. Les jeunes Dogons étaient entrés par effraction dans le VR pendant qu'ils dormaient. Ils avaient aidé le garçon à sortir en cachette par la trappe aménagée sous le lit de Miss Bloomdale. Matox souffla comme un taureau, mais l'enseignante prit leur défense.

Nathaniel avisa alors Mia et lui demanda :

— Tu veux ajouter quelque chose, Mia ?

La jeune fille grimaça.

Hors de lui, Matox fit claquer sa langue.

— C'est bien ce que je pensais, se lamenta-t-il. Que des ennuis !

— Ce n'est pas vrai ! se défendit Mia.

Denis et Béa la regardèrent, interloqués.

— Bon, d'accord, avoua Mia, je les ai rencontrés. Mais une seule fois, et personne ne faisait rien de mal.

Elle leur raconta sa petite escapade matinale sur le promontoire, en ajoutant pour sa sœur avec un certain plaisir vengeur :

— Tu vois que je suis capable !

— Bravo ! Tu veux une médaille ?

— Ah, ah ! fit le contremaître, déjà prêt à trouver un coupable.

— Calmons-nous, le tempéra Nathaniel. Si vous permettez, monsieur Matox…

Il expliqua, sur le ton tranquille et bon enfant qui était toujours le sien, que leur présence en pays Dogon était à peine légale, en quelque sorte.

Denis et Béa s'attendaient à une révélation. Mais Mia doucha leur enthousiasme en déclarant, fâchée d'être encore une fois accusée de tout :

— Ouais, au fait, pourquoi on est là ?

Nathaniel répondit :

— En trois mots et en un seul nom, Geneviève Calame-Griaule.

Ahuris, les enfants se regardèrent. Ce nom-là ne leur disait absolument rien. Matox sentit que l'archéologue était d'humeur bavarde. Il se permit d'insister.

— Je vous en prie, professeur, faites ça court !

En résumé, cette dame était une ethnologue française. Avec son père, Marcel Griaule, elle avait vécu chez les Dogons et étudié leurs mœurs pendant des années.

— Marcel Griaule a été initié à leurs secrets, ajouta Nathaniel. Mais on ne lui a pas tout révélé.

Il allait parler de ce qu'ils espéraient découvrir là, à Yoyé, quand Matox déclara tout de go :

— Professeur, je pense qu'aujourd'hui sera le bon jour.

— Le bon jour pour quoi ? voulurent savoir Denis et Béa.

Nathaniel était soudain tout excité. Il leur sourit.

— Nous sommes ici sur la recommandation de Mme Calame-Griaule, que les anciens ont bien connue, et nous devons rencontrer Kigalou, le sorcier-chaman de la société secrète des masques.

Il suivit Matox qui s'éloignait et ajouta en faisant de grands gestes comme un enfant énervé :

— C'est à propos des théories astronomiques et du savoir ancestral des Dogons au sujet des étoiles Sirius A et Sirius B. C'est essentiel et capital pour la Fondation et la science en général. Hélas, la communauté internationale scientifique…

Le reste fut noyé dans des chants dogons et de farouches battements de tambour.

Mia pinça le nez et dit :

— J'ai rien compris. Et vous ?

Elle observait sa sœur et son compagnon. Les yeux de Denis et de Béa brillaient, signe qu'ils étaient bien pareils, tous les deux, concluait-elle.

Des bolés, des intellectuels, des *nerds*. En bref, des espèces d'extraterrestres, ni cool ni normaux.

— Et qu'est-ce qu'on fait pour Naïté et Ankoulel ? demanda-t-elle.

Miss Bloomdale les rappela à l'ordre. Cette mésaventure leur avait fait manquer le traditionnel petit-déjeuner ados-adultes matinal, mais il fallait quand même manger quelques bouchées, aller se laver et se préparer avant le cours du matin.

— Cet après-midi, vous le savez, il fera trop chaud. Allez, dépêchez-vous !

Mia restait tout de même sur sa faim.

— Ces deux amoureux, ça pourrait faire une sacrée belle histoire, non ? dit-elle.

Denis secoua la tête.

— Humm, pas très original !

— Comment ça ?

Béa donna une tape dans le dos de sa sœur et lui sourit.

— Tu sais bien. Shakespeare. Roméo et Juliette. L'éternelle histoire d'amour.

— Il nous reste quelques minutes, les filles, renchérit Denis. Ça vous dit d'aller voir la tagouna ?

Béa était partante, car elle avait beaucoup entendu parler de la case ouverte où délibéraient les membres du conseil dogon. Mais Mia se retrouvait, comme elle disait, sans force. Ces deux jeunes Dogons et leur amour apparemment interdit lui allaient droit au cœur. Elle se demandait comment elle pourrait les aider.

— Ah, non ! la réprimanda sa sœur. Rappelle-toi les consignes de Matox. On se tient tranquilles et discrètes. On ne dit rien et on ne fait pas de bêtises. De rencontrer le sorcier Kigalou est très important pour notre père et le contremaître. On ne doit rien gâcher.

— Franchement, est-ce qu'on a déjà fait ça ? se récria Mia en les voyant disparaître derrière un mur de baobabs.

Elle soupira et se laissa tomber sur sa chaise de camping. Elle caressa Chaussette et lui dit :

— Je sais que, toi, tu me comprends.

Elle ignorait pourquoi, mais Naïté et Ankoulel lui faisaient penser à sa propre histoire. Après tout, elle aussi était liée à un garçon, le beau et ténébreux Kaylen Korf, le fils du chef des pilleurs de tombes qui les poursuivaient partout dans le monde. Et, eux non plus, ils n'avaient pas le droit de se fréquenter.

4

L'art ancestral des masques

De loin, le village ressemblait à une grande maquette beige, ocre et brune sur fond de parois abruptes découpées au couteau. En plein soleil, c'était à peine si on distinguait les huttes et les petites maisons en boue séchée. La plupart n'avaient pas de fenêtres. Certaines avaient l'air de véritables tours fortifiées hérissées de piquets de bois. Celles dont le toit était de palmes séchées étaient les plus reconnaissables, car elles ressemblaient à des cases ordinaires. Par contre, celles qui étaient bâties sur pilotis étaient uniques.

Ce jour-là, après le cours du matin, Béa et Denis s'étaient mêlés aux touristes. Aussi avides qu'eux, ils se tenaient quand même en retrait, car ils ne voulaient surtout pas qu'on les prenne pour de simples visiteurs. Ne vivaient-ils pas avec les Dogons?

Kassemba s'occupait de distraire les voyageurs. Il savait toujours quoi leur dire ou leur répondre. Il le faisait à la fois avec bonne humeur et sérieux, ce qui convenait parfaitement à tout le monde. Un homme voulait savoir si des animaux sauvages vivaient aux alentours? Kassemba avait une anecdote savoureuse à raconter. Un autre était curieux d'en apprendre davantage sur l'artisanat? Le garçon pouvait lui indiquer une case dans laquelle travaillait un authentique artisan.

Les femmes s'intéressaient surtout aux gens du village et à leur mode de vie. Des enfants les entouraient en permanence. Kassemba leva les yeux au ciel et s'adressa à Béa et Denis.

— Ces dames croient qu'en distribuant des ballons et des bonbons, elles sont généreuses…

Toujours enclin à défendre ceux qui n'étaient pas présents pour s'expliquer, Denis répondit :

— Tu sais, quand tu arrives quelque part, tu ne connais rien. Tu fais ce qui te semble le plus juste. En Europe, les enfants adorent les ballons et les bonbons.

Kassemba le considéra en fronçant les sourcils. Ce garçon un peu trop gras à l'air sérieux qui parlait tout le temps était étrange. La fille qui l'accompagnait parlait moins, mais elle observait davantage. Ils se tenaient par la main au milieu des touristes, des enfants dogons, des ânes et des chèvres.

— Dis, Kassemba, ajouta Denis, tu n'as pas oublié ta promesse !

Le jeune Dogon grimaça, puis il rassembla tout le monde devant la tagouna. Il parla du mode de fabrication de cette salle du conseil et de son utilité.

— Heu, voulut savoir Béa, ce n'est pas bizarre qu'elle soit aussi basse de plafond?

Kassemba fut sensible à la remarque, car c'était en effet un des signes distinctifs des tagounas. Avant de répondre, il s'assura que tout le monde se trouvait autour de lui pour écouter.

— Mes amis, reprit-il sur un ton plus haut, si la tagouna est si basse de plafond, c'est parce que les hommes qui s'y réunissent y discutent de choses très importantes. Des fois, ils s'emportent et se disputent. Mais, voyez-vous, il est très difficile de parler fort, de se lever, de faire de grands gestes et de se mettre en colère quand on est obligé de rester assis ou accroupi.

Hommes et femmes sourirent; que de guerres auraient pu être évitées en Europe si les rois d'autrefois avaient dû s'expliquer et trouver des solutions à leurs problèmes… accroupis comme des enfants!

Le flot de touristes s'éparpilla. Béa s'approcha de Kassemba et lui rappela une nouvelle fois sa promesse.

— D'accord, d'accord, fit le Dogon. Mais il ne faudra rien dire.

— Promis juré! Que je sois moi-même changé en masque si je parle, plaisanta Denis, qui n'avait aucune envie de trahir leur nouvel ami.

Il fila un coup de coude à Béa, qui donna également sa parole.

— OK. Venez avec moi...

Ol Kalou était l'artisan le plus doué et le plus vénéré du village. Comme il ne voulait pas être dérangé dans son travail, il sculptait les masques sacrés à l'écart, sous une roche immense appuyée contre la falaise.

— Surtout, n'entrez pas, leur recommanda le jeune guide. Il est presque aveugle, mais il a encore toutes ses oreilles.

L'art des masques était un secret millénaire. Si, ailleurs dans le village et même dans les autres communautés dogons, beaucoup sculptaient des statues ou d'autres pièces d'artisanat, la confection des masques relevait du religieux et du sacré.

Kassemba racontait volontiers aux touristes que les Dogons mettaient tout leur imaginaire dans leurs sculptures. Mais les masques des danses sacrées, c'était autre chose.

— Oh! Vous pourrez trouver de nombreuses copies de masques dans les villages. Des artistes locaux en font pour les touristes. Certains les achètent sur place, mais la plupart des pièces sont envoyées ailleurs.

Denis s'était un peu documenté. Les sculptures prenaient souvent la route d'Accra, la capitale du

Ghana, où des distributeurs les revendaient à des boutiques. Cependant, la plupart des collectionneurs sérieux venaient du monde entier directement dans les villages dogons dans l'espoir de dénicher d'authentiques masques ancestraux. Il existait même un marché noir important très lucratif.

— C'est comme pour les artefacts que mon père trouve dans les cités oubliées ? avait demandé Béa.

Enfin, ils parvinrent à proximité de l'endroit où travaillait Ol Kalou.

— Attendez là. Je reviens, leur recommanda Kassemba.

Il disparut entre les rochers.

Une seule raison avait pu convaincre le jeune guide d'abandonner ses précieux touristes. La veille encore, il leur avait réitéré ses remerciements pour ce qu'ils avaient fait pour sa sœur.

Béa ne comprenait pas, mais Denis avait fouiné dans le village et rencontré des Dogons qui parlaient français.

— Naïté aime Ankoulel, expliqua-t-il en attendant le retour de Kassemba. Mais, apparemment, ce garçon n'est pas un vrai Dogon. À en croire les villageois, il est à moitié peulh.

— Peulh ?

— Oui. Les Peulhs sont des éleveurs, alors que les Dogons sont des cultivateurs. Au printemps, il arrive que les troupeaux des Peulhs ravagent les cultures des Dogons. Alors, il y a des disputes.

Autrefois, les représentants de ces deux ethnies étaient même des ennemis jurés.

— Je vois. Une Dogon et un Peulh…

— Exactement comme Juliette et Roméo, je te dis !

Sur ce, Kassemba revint et les autorisa à s'approcher. Ils contournèrent une grosse roche et s'accroupirent près d'une anfractuosité. À quelques pas, dans une pénombre éclairée par de rares rayons de soleil, travaillait le vieil Ol Kalou.

Comme l'avait précisé Kassemba, il était très vieux. Béa remarqua qu'il sculptait les yeux mi-clos. Pourtant, chacun de ses gestes, vifs et précis à la fois, était parfait. Il frappait un bloc de bois noir avec une sorte de hache dont le bout était fin et rectangulaire. Kassemba dit le nom de cet outil en *dogosso* et ajouta :

— Ol Kalou ferme les yeux pour mieux se rappeler la forme de l'ancien masque qu'il veut recréer.

— Fait-il une copie ?

— Oh, non ! Ol Kalou est un sculpteur sacré de la société des masques. Chacune de ses œuvres est magique. Il sait appeler les esprits et mettre leur essence dans ses masques.

Béa était sceptique.

— De l'essence dans des masques ? plaisanta-t-elle.

— Ne joue pas les Mia ! Je suis sûr que tu comprends.

Toujours aussi sérieux – et ennuyeux, aurait dit Mia –, Denis expliqua que, pour les Dogons, les masques de cérémonie possédaient une parcelle de l'âme des esprits qu'ils personnifiaient. Aussi, l'artisan devait être à la fois chaman et sculpteur.

— Pour les touristes, les masques sont vides, reprit Kassemba. Ils n'ont pas de réels pouvoirs. Ceux que sculpte Ol Kalou sont différents et très précieux pour la communauté. Ils seront entreposés dans un endroit à part et ne quitteront jamais le village.

Denis poussa un petit sifflement admiratif.

Ils restèrent ainsi une bonne demi-heure en silence, à observer l'artisan-chaman. Ils avaient un peu l'impression d'assister à de la magie. Et c'était certainement le cas. Kassemba paraissait mal à l'aise. Béa devina que ce n'était pas de gaieté de cœur qu'il les avait conduits jusqu'à Ol Kalou. Que, si cela se savait, il pourrait être réprimandé et même puni par le *Niema-Kala*, le bâtonnier.

En redescendant vers le village, Béa et Denis ne purent détourner les yeux du paysage immense et magnifique. En contrebas du sentier escarpé se dressaient les huttes, les cases et les tours, séparées les unes des autres par les petites rues en pente. Au loin se détachait la place dominée par la tagouna. Encore plus bas, sous les branches, s'étendaient la plaine moutonnée d'arbustes, sa terre jaune et rouge ainsi que les champs de mil et d'oignons.

S'ils regardaient bien sur leur droite, ils pourraient trouver le camp, voir le toit blanc du motorisé et la toile brune et beige des tentes.

— Au fait, ta sœur va-t-elle revoir son amoureux ? voulut savoir Béa.

Kassemba avoua que, depuis l'autre jour, Naïté était surveillée de très près par la mère-vigile.

— Écoutez ! fit le jeune guide. Les femmes sont aux champs. Elles récoltent le mil en chantant.

Denis hocha la tête. Le chant et la musique étaient partout présents dans le village. Amplifiés par les hautes parois de grès, le battement des tambours et les voix résonnaient sous la falaise.

Parvenu devant la tagouna, Kassemba y retrouva une bonne partie de son groupe de touristes. Pourtant, avant de laisser repartir Denis et Béa, qui voulaient aider Nathaniel à rencontrer le sorcier Kigalou, il leur dit, visiblement déçu :

— Je croyais que Mia serait avec vous. Où est-elle ?

Béa sourit. Denis répondit à sa place :

— Mia est partie avec son père, Miss Eulalie et le contremaître à Bandiagara. C'était à son tour d'y aller. Il n'y avait pas de place pour nous dans la jeep.

Le visage de Kassemba se rembrunit, ce qui était difficile, car sa peau était déjà très sombre.

— Mais ne t'inquiète pas, ajouta Denis avec un clin d'œil, tu pourras la revoir ce soir.

En redescendant vers le camp, Béa s'immobilisa soudain. Des touristes sortaient des cases, une pièce d'artisanat entre les mains. Ici, un homme était très fier de posséder son masque magique dogon. Là, une femme avait acheté des poteries qui feraient verdir de jalousie ses amies européennes.

— Est-ce que ça va ? s'enquit Denis.

Béa secoua la tête.

— Oui, oui. Je croyais avoir reconnu quelqu'un. Mais je me suis sûrement trompée. C'est impossible.

— Quelqu'un ?

— Magnus Korf.

— Le chef des pilleurs de tombes dont tu m'as parlé ?

Elle eut soudain froid dans le dos. Si Korf était vraiment là…

— Si c'est lui, reprit Denis, il vaudrait mieux avertir Matox et ton père.

Mais Béa ne voulait rien précipiter.

— Mêlons-nous encore aux touristes, dit-elle. Je veux être sûre avant de dire des bêtises et de faire peur à tout le monde.

Ils ne virent pas le vieil Ol Kalou sortir de sa grotte-atelier et les regarder descendre. L'artisan plissait les yeux et se tenait appuyé sur un long bâton. Non loin, Béa jouait avec un groupe d'enfants, alors que Denis aidait une femme à ramasser le contenu de son panier tombé de sa tête.

Le vieil homme hocha la tête et sourit à demi.

Blogue de Béa

Je n'ai pas revu Magnus Korf. Denis pense que j'ai rêvé. Après tout, il a peut-être raison. Ce bonhomme nous a tant fait suer au Mexique et au Pérou que j'en fais sûrement une espèce d'obsession. Et puis, avec ce qu'on a vu dans la falaise, j'ai de quoi nourrir mon imagination et voir des fantômes. De toute façon, pourquoi le chef des pilleurs de tombes se trouverait-il ici ? Il n'y a aucun squelette, aucune momie, aucun crâne géant à découvrir et à voler.

Aussi, je ne dirai rien. Surtout pas à Mia ! Car, si elle savait, elle se mettrait à chercher partout comme une folle son beau Kaylen.

Denis est très satisfait de sa journée. Lui, il rédige un journal. Un journal secret qui est, je pense, bien plus sérieusement écrit que mon blogue ou celui de Mia. Dans le cas de ma sœur, ce n'est, bien entendu, pas difficile à battre. Mais, bon, à chacun son style ! Denis écrit aussi tous les jours à ses parents. Ses courriels restent dans sa boîte d'envoi à cause d'Internet qui ne fonctionne pas, ici, mais il les leur expédie quand nous allons à Bandiagara.

Papa, Matox, Miss Bloomdale, Mia et Chaussette sont revenus assez tard, aujourd'hui, après le coucher du soleil. On était très inquiets, car une fois la nuit tombée, les pistes ne sont pas sûres. Mia était toute pâle. Matox a balancé en riant qu'elle s'était fait un copain à grosses dents. Denis et moi, on n'a rien compris. J'ai essayé de tirer les vers du nez à ma sœur, mais elle n'était pas en état de répondre. Elle semblait aussi sonnée qu'un boxeur. Miss Bloomdale la soutenait par les épaules et elle disait que Mia avait les jambes encore toutes molles.

Molles de quoi ? À croire que Mia n'a vraiment pas de chance avec ses amis.

Enfin ! Pendant qu'on les attendait, nous, on est allés se promener sur les berges de la rivière Yami. À cette époque de l'année, les rives sont boueuses. Le niveau de l'eau est encore bas. À la fin de février, il fera vraiment trop chaud et l'eau manquera au village. Mais, plus tard, en juillet, viendra la saison des pluies.

Une année, il y a eu une crue si violente qu'à Bandiagara les ponts ont été emportés. Près d'ici, on nous a raconté que des bénévoles allemands ont récemment réparé la piste qui avait été endommagée par une crue. Il est bon de savoir que des gens sont venus d'aussi loin pour vivre ici une expérience inoubliable et aider à construire des bâtiments et des routes. À mon avis, ça fait différent que de rester toujours dans une même ville, de faire toute sa vie les mêmes choses et le même travail.

J'ai bien hâte d'entendre le récit de la journée de Mia. Quand elle sera de nouveau en état de parler sans trembler, bien sûr. Moi, en tout cas, je n'ai rien vu d'aussi magique que le vieil Ol Kalou en train de sculpter un de ses masques. Ça démangeait Denis de tout filmer et *de poster ça sur le Net. Mais vous vous doutez bien qu'on n'en avait pas le droit. Kassemba nous surveillait de près pour qu'on ne le fasse pas, cette fois encore, en cachette.*

5

Un jardin surprenant

Pendant que Béa et Denis rencontraient le vieil Ol Kalou, au début de cette même journée, la jeep d'Ari Matox roulait sur la piste goudronnée menant à Bandiagara. Le chemin était encombré de charrettes tirées par des bœufs, de vieux camions branlants et de voitures rouillées conduites par des chauffeurs à casquette transportant des touristes fortunés. Mais aussi de motos, de vélos et de mobylettes pétaradantes.

— Ma parole, dit Mia en grimaçant, moi qui nous croyais au milieu de nulle part !

— C'est sans doute jour de marché, en ville, répondit Matox.

Nathaniel remarqua les volutes de poussière qui tourbillonnaient dans l'habitacle, et parla plutôt du désert du Sahara, tout proche.

— Saviez-vous que, d'après certaines revues scientifiques, le désert produit près du tiers de la poussière de la planète ?

Mia l'ignorait et, franchement, ça ne l'intéressait pas. Miss Bloomdale salua la remarque d'une expression mi-étonnée, mi-admirative. Elle aimait les déclarations toujours instructives de Nathaniel et ne manquait jamais une occasion de l'encourager.

Mia s'occupa ensuite du pauvre Chaussette, qui avait toujours mal au cœur en voiture. Elle lui posa le museau sur le rebord de la vitre et lui recommanda de bien respirer. Le teckel lui décochait des regards implorants ; il tirait la langue comme s'il allait mourir.

— On en a encore pour longtemps, papa ? demanda la jeune fille. Je crois que Chaussette va vomir.

— Si ce chien vomit dans ma jeep, c'est vous qui allez nettoyer ! s'exclama Ari Matox.

Ils arrivèrent finalement dans la petite ville de Bandiagara dix minutes plus tard.

Des quartiers entiers composés de cases et de baraquements à un seul étage en boue séchée formaient ce que les gens du coin appelaient « la banlieue ».

— La ville compte environ douze mille habitants, déclara Nathaniel. Mais, avec la banlieue, ça monte à vingt-quatre mille.

Plus ils approchaient du centre-ville, plus la circulation était dense et bruyante. L'air devenait irrespirable à cause de la chaleur et des pots d'échappement.

— Je vous dépose au marché, les informa Matox. J'ai des choses à faire de mon côté.

Mia fut agacée de voir que Miss Bloomdale semblait hésiter entre rester dans la jeep avec le contremaître et descendre avec elle, Chaussette et Nathaniel. Finalement, comme à contrecœur, elle choisit de les suivre au marché.

Ils passèrent devant la mission des pères catholiques. Cette fois encore, Nathaniel y alla de son commentaire historique pittoresque.

— Les habitants de la ville sont principalement originaires de quatre peuplades différentes.

Il cita les Dogons, mais aussi les Peulhs, les Bambaras ainsi que les Malinkés.

Ils firent le marché et achetèrent toutes les denrées qu'ils ne pouvaient trouver au village de Yoyé. Miss Bloomdale s'étonna de voir autant de cybercafés.

— Il y en a quatre, précisa Nathaniel. J'ai vérifié.

Depuis l'essor récent du tourisme, essentiellement dû aux randonnées pédestres sur la falaise sacrée, le nombre des hôtels et des cafés-restaurants était en croissance.

— Quand Internet arrive quelque part, ajouta Nathaniel, rien n'est plus jamais comme avant.

Ils remarquèrent beaucoup de visiteurs européens. Certains étaient vraiment très pâles, comme s'ils venaient juste de débarquer. D'autres étaient par contre si bronzés qu'ils se fondaient presque dans le paysage, par ailleurs très coloré des tuniques, des robes et des boubous.

Un enfant proposa de leur louer un vieux chariot pris ou bricolé on ne savait trop où. Les roulettes étaient bien pratiques pour transporter les fruits, les légumes et les céréales achetés en marchandant, comme le voulait la coutume.

Mia trouvait ça très bizarre. C'était pourtant si simple de payer le prix indiqué!

— Ma chérie, lui répondit son père, comme on dit: à Rome, il faut faire comme les Romains. Et en Afrique…

— Ça va, merci, j'ai compris, papa!

Ari Matox les reprit à un croisement.

— Nous ne pouvons pas repartir tout de suite, dit-il, embêté. Le mécanicien que je recherche n'était pas là tout à l'heure. Il faut retourner au garage.

Mia n'en pouvait plus. Elle avait l'impression que ses jambes étaient usées au moins jusqu'aux genoux. Pourtant, elle s'était fait une vraie fête de cette virée en ville. Secrètement, même s'ils étaient dans la brousse, et puisque son père lui avait parlé d'une ville tout à fait comme les autres ou presque, elle s'était attendue à trouver des coiffeurs et des magasins de vêtements. Car, comme d'habitude, selon elle, elle n'avait rien à se mettre.

— En plus, ma lime à ongles est foutue et j'ai besoin d'un shampoing spécial pour mes cheveux… Dites, vous ne trouvez pas que ça pue, ici ?

Miss Bloomdale était vêtue d'une belle robe blanche à l'anglaise. De plus, en déambulant dans la ville, elle avait tenu bien haut son ombrelle, pour protéger son fragile teint de rousse des impitoyables rayons du soleil. Elle et Mia avaient essayé de magasiner de leur côté pour trouver ce qu'elles appelaient leurs «trucs de filles», mais sans grand résultat. Par contre, Nathaniel avait découvert le dispensaire où il avait pu renouveler la prescription de pilules que prenait Béa pour réguler son hypoglycémie.

— Ce n'est pas la même marque, avait-il dit, mais le pharmacien assure que ça fera l'affaire.

Après bien des contretemps, ils arrivèrent dans une cour où s'entassaient les carcasses rouillées d'une vingtaine de voitures. La bâtisse avait un aspect lugubre. Mia remarqua aussitôt la clôture en argile cuite au soleil qui ceinturait le terrain. Des branches d'arbres et de longues palmes dépassaient du sommet. Une pancarte à la peinture écaillée indiquait en grosses lettres : GARAGE-AUTOS.

Quand ils entrèrent, deux choses leur sautèrent au visage : l'affreuse odeur, mélange d'huile, de cambouis et d'essence, et l'unique véhicule neuf de l'établissement, un énorme 4 x 4 à double cabine fermée de marque Ford d'un rouge pétant.

Ari Matox vit la grimace de Mia et de l'institutrice ; il fit claquer sa langue d'agacement.

— À quoi vous vous attendiez d'autre ?

Il fit le tour de l'engin et laissa tomber un second commentaire :

— Sans doute le véhicule de luxe d'un client ! Il ne faut pas croire que tous les habitants sont pauvres.

Le contremaître avait l'air dans son élément alors que Nathaniel, avec sa chevelure hirsute et ses petites lunettes rondes, semblait avoir été parachuté en territoire totalement inconnu. Une fois encore, Mia vit qu'Eulalie hésitait entre la compagnie de l'un et de l'autre homme, et, cette fois-ci, ça l'amusa.

Un énergumène mal vêtu et pas rasé depuis trois jours sortit de l'arrière-boutique.

— Je peux vous aider ?

Matox voulait acheter de nouveaux pneus, mais aussi une dynamo et divers autres objets utiles pour leur vie en pleine brousse.

« Blablabla ! songeait Mia en faisant la tête. Décidément, j'aurais mieux fait de rester au village avec Denis et Béa, qui doivent s'éclater comme des fous, tous seuls, sans moi ! »

Chaussette posa sa truffe au ras du sol et flaira une piste. Ses oreilles se dressèrent l'une après l'autre. Il semblait réfléchir intensément et n'être pas du tout sûr de ce qu'il venait de découvrir ; ça lui donnait un air rigolo. Mia s'étonna de le voir si entreprenant car, depuis leur arrivée, le jeune chien s'était sagement tenu à ses pieds comme s'il avait peur d'être happé par la grande ville.

Soudain, il partit en courant.

— Hé! Toi! s'écria-t-elle. Reviens par ici!

Elle fit le tour du 4 x 4 et fut tout étonnée d'en découvrir un second derrière une tenture qui pendait du plafond, aussi massif et quasiment aussi neuf que le premier.

« Si ce n'est qu'il n'a pas encore été apprêté pour recevoir une nouvelle peinture! » se dit Mia en passant son doigt sur la carrosserie grise plombée.

Elle ouvrit la portière de la cabine. L'intérieur avait l'air neuf. Elle se pencha sous le siège avant et appela, comme si le chien avait pu y grimper:

— Chaussette! Chaussette!

Elle imagina tout l'espace qu'il pouvait y avoir dans la seconde cabine, une sorte de cage destinée sans doute à transporter du matériel lourd de construction ou des trucs comme ça.

À l'autre bout du garage, derrière un entassement de vieilles batteries de voitures, Matox discutaillait toujours avec Vic Barthelet, le garagiste immigré d'origine française. Les deux étaient près de leurs sous et cela s'entendait de loin.

Après être restée quelques minutes dans le véhicule inconnu à tenter d'essayer de comprendre le fonctionnement de son nouvel iPhone, Mia sortit du garage par-derrière. Elle retrouva là Eulalie, qui se tenait la poitrine et respirait à grandes goulées en tenant son ombrelle.

— Vous n'avez pas vu Chaussette, par hasard ? lui demanda-t-elle.

L'enseignante secoua la tête.

— Je viens juste de sortir.

Alors que la jeune fille s'enfonçait dans une allée ombragée, l'enseignante ajouta :

— Je n'en reviens pas du temps que des hommes peuvent perdre à négocier sur le prix d'un simple pneu de voiture.

Mia disparut, mais elle entendit Eulalie la prévenir :

— Retrouve ton chien et reviens vite. Je crois qu'ils vont bientôt finir de marchander.

Mia n'écoutait pas. Elle était fascinée par le brutal changement d'atmosphère. Déjà, en arrivant, les arbres derrière l'enceinte l'avaient fascinée. Elle qui aimait le doux parfum des fleurs, elle était gâtée. Dans le garage, l'affreuse odeur lui avait fait croire que son sens de l'odorat pouvait à jamais s'en trouver altéré. Mais, dans le jardin, sous cette tonnelle de fleurs, elle avait l'impression de revivre.

« Béa et Denis aimeraient cet endroit », se dit-elle.

Elle sourit, car elle était la seule à le découvrir. Elle appela encore Chaussette, mais en même temps elle marchait avec délices en profitant au maximum de la fraîcheur prodiguée par les réseaux de branches qui s'entrecroisaient au-dessus de sa tête.

Devant un magnifique massif de fleurs blanches et bleues, elle songea qu'il serait intéressant de prendre quelques photos avec le cellulaire que son père lui avait récemment donné. Elle le cherchait dans son sac et dans ses poches quand Chaussette apparut soudain, l'air hagard et les oreilles dressées sur le sommet du crâne.

Le chien la fixait. Il semblait affolé.

— Ah, tu es là ! Mais que…

Elle se pencha pour le prendre dans ses bras, mais le teckel fila à toute vitesse entre ses jambes en poussant des ouaf ! ouaf ! ouaf ! ahurissants.

Mia était abasourdie. Tout semblait si calme, pourtant ! Tranquille et paisible.

— Tu essaies de me dire quoi, là ? Articule quand tu aboies, plaisanta-t-elle.

Un grondement sinistre retentit. La vibration frappa Mia comme la lanière d'un fouet. Tous ses muscles se nouèrent. Sa respiration se fit haletante. Le poil de ses bras et de sa nuque dressés, elle voulut faire demi-tour ou tout au moins reculer sans, hélas, pouvoir bouger un seul muscle.

Enfin, le lion sortit des taillis.

Il était énorme, avec des yeux d'or et une crinière toute noire.

Lentement, il s'avança vers elle…

Blogue de Mia

OK, OK, j'ai vu un lion. Et alors ? Vous qui lisez ces lignes, vous savez que j'ai survécu à cette « rencontre délirante », comme l'a qualifiée Béa quand elle a su. On sait comme son vocabulaire est riche !

Miss Bloomdale assure qu'à ce moment précis j'ai poussé un cri affreux. Mais je ne m'en rappelle plus.

Bof ! un lion, c'est impressionnant, d'accord. Surtout quand on vient de passer un moment super calme et tranquille à respirer l'odeur des fleurs. Et c'est vrai aussi qu'il s'est approché de moi lentement. Vous savez, comme dans un film au ralenti.

Contrairement à ce qu'affirme Matox, je ne suis pas tombée dans les pommes. Non, je suis restée debout. À vrai dire, je n'avais pas trop le choix, car j'avoue que je ne pouvais pas bouger. Au début, c'est vrai, j'avais eu très peur. Du genre : Arrrrrk ! ou : Oh là là ! C'est sûr, il va me bouffer toute crue ! que je me suis dit. Mais ensuite, comment dire, on s'est regardés. Simplement. Il était là et moi aussi. C'est tout. C'est bizarre, j'avoue. Mais c'est comme ça que je l'ai ressenti.

En y repensant, je crois qu'il était aussi surpris que moi. Il s'attendait peut-être à retrouver Chaussette, qui lui avait glissé entre les crocs, et il tombait sur une très jolie fille mince comme un fil aux yeux noirs et aux longs cheveux, toute vêtue de blanc. Ç'a dû être un choc pour lui, le pauvre vieux!

Vieux, car King George – c'est son nom – est un lion âgé. La preuve? Sa crinière noire.

D'accord, pour tout vous dire, c'est le garagiste qui est venu me tirer de là. Il est apparu et il a parlé à King George.

— Alors, vieux camarade, qu'il lui a dit, tu fais peur aux jeunes filles, maintenant?

Papa, Matox et Eulalie étaient derrière lui. Le garagiste s'est donc approché. Le lion l'a regardé avec son œil à moitié endormi. Car, je l'ai su par la suite, il dormait quand Chaussette l'a dérangé. Les deux ont apparemment eu très peur. Et c'est la curiosité, enfin, je crois, qui a poussé King George à chercher mon chien.

— Je l'ai recueilli blessé et mourant, a expliqué le garagiste en parlant du fauve. Depuis, je le garde ici. Car, vous savez, les lions sont en voie d'extinction, en Afrique de l'Ouest. Chasse, braconnage, on n'en sort pas. J'attends depuis des mois qu'un zoo ou un ONG veuille bien de lui. Mais je crois qu'ils ont d'autres chats à fouetter!

Là-dessus, il a poussé un rire d'hyène déchaînée. Il était content de sa blague.

En bref, il n'y avait pas de quoi flipper. Ce lion était un gros chat rassasié aux dents et aux griffes usées jusqu'à la corde… ou à la moelle. Et puis, il dormait les trois quarts de la journée.

Alors, voilà le récit de cette rencontre. Un point, c'est tout.

N'empêche, durant la nuit qui a suivi, j'ai fait un drôle de rêve bizarre.

King George et moi, on était dans une grotte et on cherchait un trésor. Sur nos têtes, la montagne grognait comme si elle voulait nous avaler. Je me suis tournée vers le lion, et là, encore plus étrange – mais on était dans mon rêve, après tout! – il m'a parlé avec la voix de Kaylen. Vous savez! Mon peut-être, éventuel, quasi, et ex – en même temps – soi-disant petit ami…

6

La fête des masques

— Comment? Tu l'as perdu? Déjà!

— Ne fais pas ces yeux-là, on dirait qu'ils vont te sortir de la tête. Chut…

En vérité, Mia était bien embêtée, car c'était vrai, elle avait égaré son nouveau téléphone cellulaire.

— Quand je pense que papa te l'a acheté il y a à peine deux semaines!

— Je l'ai égaré. Égaré, je te dis! Miss Bloomdale, qui connaît si bien tous les mots, te dirait qu'il y a une sacrée différence entre «perdu» et «égaré».

— N'empêche, tu ne sais pas où il est, murmura-t-elle entre ses dents. Quand papa saura ça…

Mia pinça le bras de sa sœur pour qu'elle se taise. Denis s'impatienta.

— Alors, les filles, vous vous amenez !

Elles venaient de passer vingt minutes à escalader la falaise sacrée. Les grottes dont on leur avait parlé n'étaient qu'à quelques mètres de ces gros rochers. Elles rejoignirent leur ami en tirant la langue, tant la pente avait été raide. Chaussette leur tournait autour, tout énervé, comme s'il était en pleine forme.

— Voici donc ces grottes qu'on nous autorise à fouiller, dit Nathaniel d'une voix sifflante.

— La belle affaire ! rétorqua Matox sur un ton réprobateur.

— Allons voir, les encouragea Eulalie, étourdie par la chaleur.

— Ouache ! Mais ça pue, ici ! se plaignit Mia en se bouchant le nez.

— C'est là qu'habitaient les ancêtres des Dogons ? voulut savoir Béa.

Denis secoua la tête et expliqua avant que Miss Bloomdale n'ait pu le faire elle-même :

— Pas leurs ancêtres, Béa, leurs prédécesseurs. Ils s'appelaient les Tellem. C'était un peuple de troglodytes. Ça veut dire qu'ils vivaient dans des cavernes.

— Je le savais, fanfaronna Mia en continuant à se boucher le nez.

Elle posa un doigt sur une paroi aussi lisse que de la porcelaine. Derrière elle se trouvaient des roches couvertes de dessins.

— Ils ne datent pas de l'époque des Tellem, objecta Denis.

— Ça, c'est sûr ! Ce sont des graffiti faits par des touristes, s'attrista Béa.

Chaussette se mit à gratter le sol et à faire le gros dos.

— Hé ! Toi ! s'écria Béa en colère, pas de ça ici !

Matox haussa les épaules.

— À mon avis, dit-il, un numéro deux de plus ou de moins en ce lieu ne fera pas une grande différence.

Il ajouta en étirant sa grande carcasse :

— Mais c'est quoi, l'affaire ?

— Je pense, suggéra Nathaniel, que le chef nous a permis de fouiller les cavernes afin qu'on puisse tromper notre ennui en attendant de rencontrer le fameux Kigalou.

— Moi, ce que j'en dis, fit Mia, c'est que les Dogons se servent des maisons des Tellem pour y mettre leurs poubelles.

Béa et Denis se rapprochèrent de l'archéologue.

— Au fait, s'enquit le garçon, qu'est-ce que vous êtes venu découvrir, dans ce pays ?

C'était la question à cent dollars qui lui brûlait les lèvres depuis leur arrivée. Matox grinça des dents et vint les rejoindre. Nathaniel risquait comme toujours de mettre les pieds dans le plat, s'il parlait trop…

L'archéologue commença par sortir de son sac à dos une étrange pièce de métal qui ressemblait à un pic à glace à deux lames avec un cercle fermé sur le manche et une extrémité à angle droit.

— Ça, déclara-t-il, c'est le symbole dogon pour Sirius.

Il posa son doigt sur les extrémités de l'objet.

— Si je sors, le soir, que je tends ce symbole au-dessus de ma tête et que je le place devant l'étoile Sirius, j'obtiens une représentation précise de ce système d'étoile triple. Sirius A, B et C.

Les enfants écoutaient sans trop comprendre. Miss Eulalie aussi était suspendue aux lèvres de l'archéologue. Seul Matox faisait la moue.

— Ce symbole dogon est vieux de plusieurs siècles, reprit Nathaniel. Pour les Dogons, leur dieu Ama vient de Sirius. La science occidentale n'a découvert les étoiles Sirius B et C que dernièrement. Ce qui est étrange, c'est que les Dogons connaissaient l'existence de ces deux autres étoiles sœurs du système de Sirius depuis bien avant… alors même que seule Sirius A est visible à l'œil nu. Comment le savaient-ils? Voilà une de mes questions.

Il allait poursuivre, mais Mia l'interrompit:

— Dites, on s'en va! J'en peux plus de cette odeur. Et puis, vous entendez? La fête a déjà commencé.

Elle ne l'avoua pas, mais la musique, les tambours et les chants qui montaient du village lui donnaient envie de rire et de s'amuser. «Il n'y a pas que la recherche scientifique plate, dans la vie!» se disait-elle.

— Vous venez?

Denis hésitait, car la fête religieuse des masques l'intéressait tout autant que le mystère des étoiles du système de Sirius.

— Je ne peux pas la laisser aller seule, ronchonna Béa en parlant de sa sœur. Elle est capable de faire des bêtises.

Miss Bloomdale avait bien du mal à respirer l'air empuanti.

— Je vous accompagne, déclara-t-elle en grimaçant.

Denis se fit tirer le bras par Béa.

De nouveau seul avec l'archéologue, Matox ne se priva pas d'exprimer le fond de sa pensée :

— À mon avis, le chef s'est moqué de nous. Quant à voir un jour ce Kigalou…

Les trois jeunes dégringolèrent la pente en moitié moins de temps qu'ils n'en avaient mis pour l'escalader. Eulalie peinait derrière et trébuchait sur les cailloux.

— Faites attention de ne pas tomber ! leur criait-elle en essayant de ne pas se rompre le cou.

Lorsqu'ils furent parvenus dans le village, des enfants dogons vinrent les prendre par la main.

— Ce n'est pas devant cette case-là que papa et Matox attendent chaque jour des heures entières pour être reçus par le chaman ? fit Béa lorsqu'ils dépassèrent une habitation ronde décorée de deux statues posées de part et d'autre de l'unique porte.

— Oui, répondit Denis, essoufflé. Et ici, à côté, c'est l'entrepôt sacré dans lequel les Dogons déposent leurs masques de cérémonie.

Les petites rues débordaient de touristes amenés de Bandiagara par des guides locaux. Ils déboulèrent sur la place où trônait la tagouna. Revêtus de leurs habits traditionnels, les danseurs étaient impressionnants. Leurs visages étaient cachés derrière d'énormes masques en bois.

— Hé, vise un peu ! fit Denis.

Plusieurs artistes étaient affublés des masques immémoriaux. Terminés par des branches peintes en noir et en blanc, ils mesuraient près d'un mètre de haut.

— Ça doit être super lourd à porter, commenta Mia juste pour dire quelque chose, car Denis et Béa semblaient, comme d'habitude, plongés dans un monde à eux.

Elle répondit au salut de Naïté, assise au milieu des autres femmes.

La musique devint plus cadencée. On battait frénétiquement le tambour. Les danseurs se déhanchaient ; les touristes s'en donnaient à cœur joie et filmaient.

Tout comme Denis, d'ailleurs. Le garçon disait à Béa qu'il pourrait faire un montage et l'envoyer à ses parents. Il fallait qu'il leur prouve qu'ils avaient pris la bonne décision en le laissant avec Nathaniel et les filles.

Au bout de quelques minutes, Miss Bloomdale s'inquiéta :

— Dites ! Je ne vois plus Mia. Et vous ?

— Chaussette aussi semble avoir disparu, laissa tomber Béa.

— Oh ! s'exclama Denis. Regardez ! Ça va vraiment devenir intéressant.

Les touristes s'avancèrent. Kassemba expliquait à son groupe que la danse annuelle des masques était tenue en l'honneur d'Ama, le dieu tombé du ciel dans une grande boule de feu et qui avait ensuite créé Namo, le premier être vivant, à la fois homme et femme.

— Les danses racontent l'histoire des dieux. À travers les gestes, les chamans-danseurs nous transmettent la mémoire de nos ancêtres.

Béa était trop captivée pour penser encore à Mia. Si sa sœur n'aimait rien, si elle était frustrée, elle n'avait qu'à se débrouiller ! Après tout, elle n'était pas seule ; Chaussette était avec elle !

Justement, Chaussette avait faussé compagnie à Mia. En le cherchant, la jeune fille tomba sur Kassemba.

— Mia ? Je te cherchais.

— Ah ouais ! fit-elle, à demi étonnée.

— Oui, je voulais te parler.

— Moi, répliqua-t-elle en se raclant la gorge, c'est mon chien que je veux retrouver.

— Il ne peut rien lui arriver, assura le jeune guide.

Il lui sourit. Ses dents blanches, dans son visage très sombre, avaient quelque chose qui l'inquiétait. Elle sursauta quand il lui prit la main.

— Je me demandais… Est-ce que tu as… quelqu'un ?

— Quelqu'un ?

Mia pensait tellement à Chaussette qu'elle ne comprenait pas. Et puis, soudain, tout devint clair. Elle retira vivement sa main.

— Si tu veux tout savoir, oui, répondit-elle, j'ai quelqu'un. Il s'appelle Kaylen.

— Ah !

Kassemba se rembrunit. Mais il reprit :

— Ce Kaylen est bien imprudent de ne pas être avec toi.

— Mais il est là ! répliqua Mia. Je vais le rejoindre.

Et elle planta là le pauvre guide.

« Ouf ! songea-t-elle quelques instants plus tard. Qu'est-ce que je ne dois pas inventer pour qu'il me lâche un peu les baskets ! »

Elle se mit à appeler :

— Chaussette ! Chaussette !

Parfois, elle avait l'impression de reconnaître l'espèce de couinement du teckel, mais quand elle arrivait près de l'endroit où elle croyait le trouver, le chien n'y était pas.

— Mais où te caches-tu, vilain chien ? s'emporta-t-elle.

Deux silhouettes bougèrent dans l'ombre d'une case. Mia s'approcha et se figea aussitôt.

— Désolée! s'excusa-t-elle en faisant demi-tour.

« Ben, ça alors, se dit-elle en rougissant, Naïté a trouvé le moyen d'échapper à la mère-vigile et de retrouver Ankoulel! Tant mieux pour eux... »

Un peu plus tard, elle crut enfin distinguer le pelage couleur chocolat de son teckel.

— Ah! Je te tiens!

Elle s'approcha d'une case et y entra résolument. Un homme se trouvait à l'intérieur. Croyant qu'il s'agissait du vieux Kigalou, elle le salua:

— Bonjour.

Mais, plutôt que de lui répondre, l'homme sortit en s'échappant par l'ouverture de derrière.

— Ouaf! Ouaf! entendit-elle à proximité.

— Chaussette!

Elle se remit à courir dans la direction prise par l'étrange individu qu'elle venait de surprendre dans la case du sorcier absent. Elle bouscula une chèvre et faillit heurter une vache très maigre.

Sa course la mena en amont du village, au cœur de la falaise. Comme ça commençait à grimper sérieusement, elle s'arrêta pour reprendre son souffle et pour maudire son affreux chien polisson et désobéissant.

— Toi, quand je t'aurai rattrapé... fit-elle, à bout de souffle.

Le soir tombait. En contrebas, les danses et la musique se poursuivaient. Mia s'aperçut soudain qu'elle se trouvait tout près de cette grotte dans laquelle Denis et Béa avaient vu un artisan en train de sculpter un masque.

Un aboiement en jaillit.

— Ah ! Chaussette, fit-elle, enfin !

Elle resta bouche bée.

Le jeune teckel était bien là, sauf qu'il n'était pas seul.

L'individu que Mia avait surpris dans la case de Kigalou se trouvait avec lui ; il tenait un talkie-walkie contre sa bouche.

— Tout est OK, disait-il. Nous sommes prêts. J'ai bien repéré l'endroit.

En entendant Mia approcher, l'individu se retourna. La lumière du soleil coula comme du miel sur son visage. Mia trouva cela très beau.

En même temps, elle fut stupéfaite.

— Kaylen ?

C'était bien le même garçon bronzé aux yeux verts et au visage d'ange qu'elle avait connu au Mexique et qu'elle avait revu à Nazca. Voilà qu'il réapparaissait, là, au Mali.

— Tiens, on dirait bien qu'on se retrouve ! lui lança-t-il joyeusement comme s'il rencontrait une vieille amie, ce qui n'était pas exactement le cas.

— Toi ? Mais comment ?

— Oh, tu sais, le business…

Cette fois, c'était clair, Magnus Korf et sa bande suivaient intentionnellement les déplacements de Nathaniel et de son équipe pour voler leurs trésors archéologiques.

— Tout est OK? répéta-t-elle, sarcastique. Qu'est-ce que tu voulais dire par là?

Chaussette faisait la fête à son ancien maître. Sa queue battait les copeaux de bois et il voulait sans cesse poser ses pattes de devant sur le thorax de Kaylen.

— Il est toujours aussi bien élevé, constata le garçon sans répondre à la question.

Il reprit, avant que Mia ait pu ajouter quoi que ce soit:

— Moi aussi, je suis content de te revoir. La brousse te va bien.

Il prit ses poignets et lui décocha un sourire enjôleur.

Cette fois, Mia ne fit rien pour retirer ses mains. C'était si formidable de le revoir là, précisément maintenant! Au fond, peut-être qu'elle n'avait pas menti à Kassemba.

Kaylen était vraiment là, comme Denis avec Béa. Elle sentit une vive chaleur monter de son ventre jusqu'à ses joues.

À cet instant précis, Mia sut que ça devait se passer ainsi. Elle ne pouvait voir sans arrêt Béa tourner autour de son Denis alors qu'elle-même restait seule comme une vieille peau de banane!

Kaylen eut la gentillesse de ranger son talkie-walkie.

— Rassure-toi, lui dit-il, on ne va rien voler dans la terre ou dans des cavernes. Aucun trésor découvert par ton père. Ça te va?

Mia opina du menton et s'assit sur une grosse roche. Kaylen s'installa à côté d'elle.

— Regarde, dit l'adolescent, le soleil se couche. Bientôt, l'ombre sera sur le village. En bas, ils allument déjà des torches.

Des villageois devaient faire griller de la viande, car ça commençait à sentir. Mia grimaça.

— Oh, c'est vrai ! dit Kaylen. Désolé, tu es végétarienne.

Touchée qu'il s'en souvienne, elle lui rendit son sourire. À présent, Chaussette se tenait tranquille. C'était presque un miracle !

— Et si tu me racontais comment il se trouve que tu es, toi aussi, au pays Dogon ?

Elle l'écouta lui faire le récit assez rocambolesque de sa vie aventureuse de fils de pilleur de tombes.

— Je voyage beaucoup avec mon père. Et toujours dans des hôtels de grand luxe. Avant le Mexique, on était en Indonésie. Avec lui, j'ai déjà fait deux fois le tour du monde. Ça t'étonne ?

— Dis donc, ça paie, le vol d'œuvres d'art ! ironisa-t-elle.

Il se renfrogna.

Alors qu'elle était presque tout à fait détendue et somme toute fascinée par le récit que lui faisait l'adolescent, Kaylen se leva brusquement.

— Il faut que je parte, assura-t-il. Mais c'était très chouette de te revoir.

— Chouette, oui, approuva Mia en se sentant de nouveau rougir.

Quand il eut disparu, elle réalisa que, pendant tout le temps de leur conversation, ils s'étaient tenus par la main.

La nuit, maintenant, était tombée tout à fait. Mia ne bougeait toujours pas. Chaussette couché à ses pieds, elle souriait aux étoiles qui commençaient à éclairer la voûte céleste. Un peu plus tard, elle entendit des pas et des éclats de voix.

— Ah ! Je savais bien qu'on te retrouverait ! Mais, bon sang ! Mia, tout le monde était inquiet. Qu'est-ce que tu fabriquais ? la sermonna Béa.

Sa sœur renifla et sortit de la grotte-atelier.

— Rien. Assura-t-elle. Rien du tout. Qu'est-ce que vous imaginiez ?

En courant comme une folle, elle ajouta :

— J'ai droit à mes petits secrets, moi aussi !

Blogue de Mia

Je sais qu'à cette heure-ci je ne devrais plus être debout. Mais, de toute façon, avec le boucan qu'il y a dehors, comment dormir ? Et puis, pour tout vous dire, je ne suis pas debout, mais allongée sur mon lit. Alors il est où, le problème ?

Enfin, comment pourrais-je même penser à dormir avec ce qui s'est passé tout à l'heure, sur la falaise ? Vous pourriez, vous ? Je me sens si légère ! Ç'a été, je crois, le moment le plus romantique de toute ma vie. Juste Kaylen et moi. Waouh !

Hummmm! Je ferme les yeux et je revis chaque instant. Quand je pense que Béa a failli tomber sur Kaylen! Elle est si sérieuse qu'elle aurait tout de suite couru le dénoncer à notre père et au contremaître.

N'empêche, s'il est venu avec son voleur de père pour nous rafler des trésors, alors ils sont venus pour rien. Car il n'y a rien à voler ici! Moi, je pense que…

Non, non, tais-toi, Mia, ne gâche rien, Kaylen t'a assuré que ce n'était pas leur intention. Tout est parfait!

7

Une bombe dans la nuit

Mia referma son document. Quelqu'un, elle en était sûre, venait d'ouvrir la porte du motorisé. Elle écarta son rideau et tendit le cou hors de sa couchette.

— Béa ?

— Chut, murmura sa sœur, rendors-toi, c'est juste Denis.

Mais la jeune fille ouvrit au contraire de grands yeux. C'était vrai que Denis était somnambule !

— Il est encore sorti en dormant ?

— Rendors-toi, je te dis, je m'en occupe.

Mia détestait qu'on lui dise quoi faire, surtout quand ça venait de sa sœur. Elle enfila un tricot et répliqua :

— Non, j'arrive !

Denis se tenait immobile dans la nuit à peine éclairée par la lueur fauve de quelques torches.

Béa lui tourna autour lentement, sans essayer de le toucher car, croyait-elle, cela pouvait causer un traumatisme au somnambule.

— Écoute-le, fit Mia, il parle tout seul…

Plus exactement, Denis marmonnait. En tendant l'oreille à cause des battements de tambour de la fête qui se poursuivait au village, elle crut comprendre qu'il s'adressait à sa mère.

Béa retint sa sœur, qui remuait sans vergogne ses doigts devant le visage du garçon.

— Arrête, t'es folle, répéta-t-elle, tu risques de le réveiller!

Sous la lumière blafarde de la lune, les traits de Denis étaient contractés. À bien y réfléchir, c'était la première fois que Béa le voyait aussi triste.

Mia retenait Chaussette, qui tentait de se frotter contre les jambes du garçon.

— Bon, alors, qu'est-ce qu'on fait? s'enquit-elle.

Une camionnette passa devant eux, tous feux éteints, en silence ou presque. Elle fila comme un fantôme pour disparaître quelques secondes plus tard sur la piste à peine tracée.

Peu après, ou bien plusieurs minutes plus tard, les filles ne savaient pas trop, le bruit en provenance du village se modula et changea. Il semblait que la fête «tombait en morceaux», comme le suggéra Mia.

— Ça ne se dit pas, la corrigea Béa.

— Qu'est-ce que tu en sais? C'est comme

ça, en tout cas, que je le sens. On dirait que la musique ne se ressemble plus.

— Ça aussi, c'est n'importe quoi.

Miss Bloomdale apparut sur le seuil du VR au moment où les deux jeunes filles risquaient de se crêper le chignon.

— Mais qu'est-ce que vous faites dehors, tous les trois ?

Denis revint brutalement à lui. Il bafouilla qu'il venait de faire un très mauvais rêve.

— Qu'est-ce que je fabrique ici ? bredouilla-t-il.

Béa le prit doucement par la main.

— Il ne s'est rien passé, le rassura-t-elle.

— Ça, c'est vraiment n'importe quoi ! se rebiffa Mia, les bras croisés.

Mais pouvait-elle vraiment parler de la camionnette fantôme ?

Peu après, alors qu'un silence lugubre tombait sur le village et la falaise, et que des pleurs et des lamentations, mais aussi des cris de colère perçaient la nuit, Eulalie confia :

— Je n'aime pas ça. Remontons dans le motorisé.

— Là ! s'écria soudain Mia.

Une silhouette, puis deux, puis cinq, puis dix se profilaient dans leur petite clairière. Matox et Nathaniel apparurent, leur lampe de poche à la main.

— Monsieur Matox ! l'accueillit Eulalie avec soulagement.

Ce fut pourtant Nathaniel qui lui prit la main et lui avoua, hors d'haleine :

— Il s'est passé une chose horrible. Rentrons, je vous expliquerai à l'intérieur.

— Je vais rester dehors, fit Matox, pour voir si je peux aider.

Ça tombait bien, les filles n'avaient aucune envie de s'enfermer dans le motorisé avec le géant roux.

— Asseyez-vous, leur recommanda l'archéologue, une fois qu'ils furent à l'abri. J'en suis encore tout étourdi...

Cette dernière phrase piqua encore plus leur curiosité. Denis était coincé entre les deux filles sur les sièges rembourrés de la cuisinette. Miss Bloomdale était trop nerveuse pour vraiment se calmer. Elle allait d'une fenêtre à une autre en répétant toujours la même chose :

— Mais, mais... ils nous encerclent ! Je vous en prie, Nathaniel, que s'est-il donc passé ?

Mia tremblait si fort qu'elle remarqua à peine que leur professeure s'adressait cette fois à son père en l'appelant par son prénom.

L'archéologue annonça enfin :

— Il y a eu un vol atroce. Les entrepôts dogons ont été pillés.

Mia déglutit avec peine.

— Pillés ? répéta Denis.

— Oui, poursuivit Nathaniel. Des contrebandiers ont profité de la fête pour faire main basse sur la réserve de masques sacrés.

Il avait prononcé ces paroles comme un juge une sentence. Miss Bloomdale colla son front contre la vitre.

— Et quoi ? lança-t-elle. Croient-ils que nous sommes les responsables ? Ils sont tombés sur la tête !

La porte s'ouvrit toute grande. Une silhouette se carra dans l'ouverture.

— Les villageois sont en état de choc, clama Matox en montant à son tour.

Il sembla aux filles et à Denis que le motorisé ployait légèrement sous son poids. Le contremaître s'affala sur l'unique fauteuil et précisa :

— Les pillards ont raflé tout ce qu'ils ont pu.

Denis fut le premier à réagir.

— Mais comment ont-ils déjoué la surveillance, ouvert les portes et tout transporté, comme ça, devant tout le monde ?

Matox fronça les sourcils. Il n'appréciait guère plus la présence de Denis que celle des filles. Nathaniel hocha du chef. Le contremaître daigna tout de même répondre :

— Ils étaient déguisés. De plus, ils ont distribué de l'alcool aux touristes et à certains jeunes membres de la tribu qui les ont pris pour de simples visiteurs généreux. Tout indique que cette opération a été minutieusement préparée. Et je…

Il s'interrompit, car l'expression piteuse des filles ne lui disait rien qui vaille.

— Quoi ? Qu'y a-t-il ? éructa-t-il.

Nathaniel et Eulalie scrutèrent à leur tour les visages de Mia et de Béa. Celui de la première, surtout, était aussi éloquent que suspect.

— Si vous savez quelque chose, les filles, gronda leur père, il faut parler. C'est trop grave.

Mia lança à sa sœur un regard perçant qui signifiait clairement une interdiction. Elle ne voulait absolument pas que Béa mentionne le camion fantôme. Ce n'était pas le moment, en plus, de passer pour folles ! disait son expression. Denis, que Béa avait eu le temps de mettre dans la confidence, semblait assez d'accord. Mieux valait garder cela pour eux… pour le moment !

Mise au pied du mur, Mia fut bien obligée d'avouer :

— Je… enfin, heu… il se pourrait bien que j'aie vu Kaylen, aujourd'hui.

— Kaylen ? gronda Matox.

— Le fils de notre ami Magnus Korf ?

— Korf ! Cette punaise toujours sur notre dos ! Ainsi donc, petite, rugit le contremaître, tu nous dis que tu as vu ce voleur dans le village et que tu as gardé ça pour toi ?

Il était dans tous ses états. Instinctivement, pour protéger son élève, Eulalie se rapprocha de Mia. Béa et Denis aussi faisaient front au contremaître. Matox parut encore plus insulté. Il prit Nathaniel à témoin.

— Je n'en reviens pas ! s'écria-t-il. Vous savez à quel point ce séjour ici est important pour la Fondation ! Vous savez que nous sommes très

chanceux d'être là, alors que la demande de centaines d'autres équipes a été rejetée par le conseil
du village.

D'une toute petite voix, Mia s'excusa encore.

— Je ne croyais pas que…

— Que quoi ? renchérit Matox.

Trop excédé, il se leva et rouvrit la porte.

— Il faut bien que je leur démontre que
nous n'y sommes pour rien, décida-t-il. Enfin,
presque…

Il renifla avec mépris en adressant un regard
oblique à la jeune fille et referma violemment
derrière lui.

Mia éclata en sanglots.

Le lendemain matin, personne n'osait ni bouger ni parler. Il n'y avait que Chaussette pour faire
du bruit. Aux premières lueurs de l'aube, Mia crut
entendre un conciliabule, dehors, entre Matox
et son père. De quoi discutaient-ils ? Avait-elle
vraiment, par son étourderie, mis en péril leur
mission scientifique ?

Au pied de la falaise, la tension était palpable.
Les bergers et les cueilleuses d'oignons, qui pas-
saient pourtant chaque jour devant le motorisé, ne
leur accordèrent pas le moindre regard, ce matin-là.

Même Kassemba resta à l'écart.

Le petit-déjeuner fut morose. Mia surtout s'en
voulait à se mordre, disait-elle, ou bien à se griffer,

mais pas au point, tout de même, rigola Béa, de s'arracher les cheveux.

— Oh! Tu peux bien te moquer! dit Mia dans un hoquet.

Elle fit les gros yeux au jeune teckel et supplia:

— Par pitié, Chaussette, arrête de me tourner autour et d'aboyer.

Miss Bloomdale arriva et déjeuna elle aussi sans broncher. Après avoir bredouillé qu'il fallait se préparer pour l'habituelle leçon, elle rentra dans le motorisé et regagna sa chambre.

— On dirait qu'elle s'est battue avec son oreiller, fit remarquer Béa.

Denis était songeur.

— Tu penses à quoi? lui demanda-t-elle.

Le garçon tournait en rond devant le VR.

— Je repense à ce camion fantôme, hier soir, dont vous m'avez parlé…

— On a sûrement rêvé, fit Mia.

— Je ne suis pas d'accord! rétorqua Béa. Je le vois encore…

Pendant ce temps, Mia essayait de calmer Chaussette, qui prenait ses tentatives pour un jeu et qui allait jusqu'à grogner, ce qu'elle était loin de trouver drôle.

— Où sont allés papa et Matox? demanda Béa, vraiment peinée pour les Dogons.

Les villageois, en effet, étaient doublement touchés par le vol qui avait eu lieu. Non seulement ils venaient de perdre le fruit d'années entières de travail, car certains masques étaient destinés à des antiquaires, mais ils se voyaient de plus dépouillés des masques sacrés de leur tribu, des objets d'origine qui leur venaient de leurs ancêtres.

— Ils croient que l'esprit de leurs dieux se trouve dans ces masques, expliqua Denis. Alors, oui, c'est très grave.

— Moi, ce qui me rend encore plus triste, déclara Béa, c'est qu'ils nous soupçonnent. Papa est sûrement allé à la tagouna rencontrer le chef.

Elle décocha un regard bref en direction de sa sœur. Mia ne releva pas le menton : elle se sentait tellement coupable !

— Ben, ça alors ! s'exclama soudain Denis.

Il rejoignit Chaussette qui, la truffe au ras du sol, semblait vraiment, depuis le début, vouloir leur dire quelque chose.

— Regardez ça !

Béa se pencha sur les traces imprimées dans la terre meuble.

— La camionnette de cette nuit ?

Denis opina du chef.

— Vous n'avez finalement pas rêvé. Un camion est réellement passé sur la piste.

— Bien sûr qu'on n'a pas rêvé ! s'offusqua Béa. Qu'est-ce que tu crois ? Que nous sommes somnambules, nous aussi ?

— Kaylen… sanglota Mia, les larmes aux yeux.

— Lui, son père et les contrebandiers, approuva Denis.

Mia serrait les poings de colère. Elle s'était une fois de plus laissé embobiner par ce séducteur à la manque. Pendant qu'elle discutait avec lui, tout heureuse d'avoir ses petits secrets à elle toute seule, les voleurs agissaient sans que personne se doute de leur présence sur le site.

— J'ai été stupide.

Accroupi à côté des traces, Denis déclara qu'il s'agissait de pneus très larges. Sans doute ceux d'un 4 x 4.

— Rouge ! s'écria Béa.

— Hein ?

— Oui, quand la camionnette est passée devant nous, sa carrosserie a accroché la lueur d'une torche. C'est au mot « rouge » que j'ai pensé.

— Kaylen… répéta encore Mia sur un ton sinistre en serrant les dents. Je le hais, je le hais !

— Allons, tenta de la calmer Béa.

Mia repoussa sa main tendue.

— Vous ne comprenez pas ! s'écria-t-elle. Il m'a endormie en me racontant des mensonges, juste pour détourner mon attention. Il m'a menée en bateau. Il faut le retrouver. Grrr ! Il ne l'emportera pas au paradis.

Denis haussa les épaules.

— Retrouver les voleurs maintenant ? Tu n'y penses pas ! Miss Bloomdale va…

— On sait à présent qui a fait le coup, martela Mia. Et moi, je sais où j'ai déjà vu cette camion-nette rouge.

Elle sortit de la clairière en répétant que ça n'allait pas se passer comme ça.

— Viens, Chaussette !

Denis dévisagea Béa. Les yeux de la jeune fille brillaient d'un éclat particulier.

— Tu m'as bien dit que tu étais venu ici pour vivre des aventures ? demanda-t-elle à son ami.

— Oui, mais…

— Alors, suivons ma sœur. Mia a souvent des idées folles. Par contre, j'ai appris qu'elles nous mènent toujours quelque part.

Blogue de Béa

Mal assise entre Mia et Denis, j'écris sur ma tablette au milieu des conversations et des cahots de la route. Autant vous dire que je suis aussi secouée que des pommes dans un panier. En plus, j'ai mal à la tête et j'ai envie de vomir.

C'est en partie de ma faute. Denis me l'a dit, d'ailleurs.

— Arrête, avant de te rendre malade.

Mia a aussitôt renchéri :

— Tu sais pas que, de dire à Béa d'arrêter de faire quelque chose, c'est la meilleure façon d'agir pour qu'elle continue !

Je crois qu'elle se trompe de fille. Remplacez mon nom par le sien et vous saurez la vérité. Enfin, j'écris quand même, car ce qui nous arrive est tout simplement <u>incroyable</u>. Et je souligne ce mot.

Du jamais vu, de l'inédit, de l'aventure, comme l'assure Denis qui, bien sûr, a raison. Imaginez le tableau !

Même si Miss Bloomdale nous a demandé de nous préparer pour le cours et pendant que papa et Matox tentent de persuader le chef du village que nous ne sommes pour rien dans le drame qui les frappe, nous, on file dans une vieille camionnette passablement déglinguée conduite par Ankoulel, sur la route qui mène à Bandiagara.

Hou là là ! ça tourne dans ma tête ! Je vais vomir, c'est certain. Aussi, d'accord, j'arrête un peu d'écrire. De toute manière, à quoi ça sert, dans l'immédiat, puisque je ne pourrai pas afficher ce texte sur mon blogue avant notre prochaine visite dans un endroit où ils ont Internet. Pareil pour les photos que je pourrais prendre pour rendre notre aventure encore plus visuelle !

8

Un tas de vieilles couvertures?

— Miss Bloomdale a dû être choquée de découvrir qu'on avait disparu, déclara soudain Denis.

— J'imagine sa tête d'ici, gloussa Mia.

— C'est papa qui va être inquiet, fit Béa.

— Et le grand homme roux costaud qui est avec vous… se permit Ankoulel.

Concentré sur la route encombrée de moby-lettes, de voitures et de charrettes tirées par des ânes ou des bœufs, il laissa sa voix en suspens. Mais tous comprirent que Matox, lui, serait furieux d'apprendre qu'ils avaient fugué.

Et pour quoi?

Mia serrait encore les mâchoires de fureur. C'était elle qui était allée chercher Ankoulel. Elle l'avait rejoint sur l'éperon rocheux où elle l'avait vu la première fois en compagnie de Naïté.

«Il faut que tu nous aides», lui avait-elle déclaré tout de go.

Malgré son apparente jeunesse, le garçon avait tout à la fois dix-huit ans, l'usage d'un vieux camion poussiéreux appartenant aux gens de son village et sa modeste personne à offrir. Reconnaissant du service qu'on lui avait rendu auparavant, il avait accepté de les conduire.

De la fumée s'échappait du capot. Les volutes grises étaient ébouriffées par le vent. Autour, les autres véhicules klaxonnaient de frayeur. «Tassez-vous! semblaient-ils s'écrier. On dirait que vous allez exploser, espèce de danger public!»

— Je suis désolé pour ta camionnette, Ankoulel, lui glissa Béa. Elle va sûrement rendre l'âme.

Le jeune homme souriait de toutes ses dents immaculées.

— Ce n'est pas trop grave. Outre que vous m'avez déjà aidé, j'ai mes propres raisons de vous aider à mon tour.

Il ne voulut pas en dire davantage.

Mais eux, que savaient-ils exactement? Qu'espéraient-ils trouver à Bandiagara?

Ils arrivèrent en ville en fin d'avant-midi. Comme chaque jour, la chaleur était intenable et la circulation, embouteillée et cacophonique. Ils passèrent devant le palais des anciens rois Toucouleurs et longèrent la mission catholique.

— C'est pas très loin, dit Mia, qui les guidait.

— Tu es certaine de te rappeler l'endroit exact? s'enquit Béa.

— Bien évidemment. Je ne suis pas aussi cruche que tu le crois !

Ils arrivèrent en effet peu après au garage du français Vic Barthelet.

Mia avait toutes les raisons de se souvenir de ce lieu. N'y avait-elle pas fait une rencontre stupéfiante ?

— Quand je pense, soupira-t-elle, qu'on a dû laisser ce pauvre Chaussette au village !

— Je me demande si on n'aurait pas mieux fait de l'emmener avec nous, laissa tomber Béa.

— Mais c'est toi-même qui disais qu'il nous encombrerait et qu'en plus ce serait sympa qu'il tienne compagnie à Miss Bloomdale pendant notre absence !

Denis devinait que les deux sœurs étaient à cran.

— Hé, les filles ! s'exclama-t-il, si c'est bien ici, c'est fermé.

Un garage fermé en plein jour alors que ce commerce était très florissant dans une ville remplie de vieux camions perclus de fuites d'huile !

Selon Denis, le proprio avait bien le droit de s'absenter quelques minutes, non ?

— Qu'est-ce que tu veux dire ? s'inquiéta Béa.

— Eh bien, que ces petits garages ne comptent d'ordinaire qu'un seul employé. Et il prend ça cool.

Pendant que le garçon parlait, Mia ne resta pas plantée là à l'écouter.

— Désolé ! le coupa Ankoulel. Je crois que Mia est…

Béa ronchonna :

— Où est-elle donc encore partie ? Je vois que sa rencontre de l'autre jour ne lui a pas servi de leçon !

La disparition de sa sœur la mettait vraiment sur les nerfs.

— Ce n'est pourtant pas la première fois, plaida Denis.

— Tu ne comprends pas. J'ai un mauvais pressentiment.

Pourtant, le soleil plombait et tout semblait normal. Les carcasses de vieilles voitures s'empilaient toujours dans la cour crasseuse, les gens allaient et venaient dans la rue. Seule la devanture en tôle résolument abaissée pouvait être vaguement inquiétante.

— C'est qui, au juste, ce garagiste ? s'enquit Denis.

Ankoulel le connaissait, comme la plupart des habitants possédant un véhicule à moteur.

— Il est un peu bizarre, admit le jeune Malien, mais c'est un excellent mécano.

Une porte grinça sur le côté du bâtiment et une voix qu'ils connaissaient bien les appela :

— Alors, bande de traînards, vous venez ?

« Pas possible ! se dit Béa, tout abasourdie. Mia a réussi à entrer ! »

— J'en reviens pas ! rugit-elle. Tu t'es introduite par effraction ! Mais pourquoi ? Tu ne te rends pas compte de…

— Moi, je ne fais pas de blabla. J'agis ! En plus, j'ai mes raisons.

— Ah oui ?

— Oui.

— Chut ! fit Denis en poussant Béa avec autorité à l'intérieur du bâtiment.

Ankoulel referma la porte et alluma les ampoules électriques. L'intérieur était aussi sale et mal entretenu que lors de la première visite de Mia, quelques jours plus tôt. Une vieille voiture était installée sur l'élévateur, comme si Vic était en train de travailler dessus. Un goutte à goutte d'huile tombait du carter et tachait le plancher de ciment. L'endroit paraissait désert. L'odeur d'essence et de vieille huile prenait à la gorge.

Béa tournait encore de l'œil.

— Où sont les toilettes ? demanda-t-elle.

— C'est là, lui indiqua Mia. Mais, pour fréquenter l'endroit, tu dois avoir une grosse envie et le cœur bien accroché. Le ménage n'est pas fait trois fois par jour !

Sur ce, elle se dirigea vers le 4 x 4 rouge. Le visage détendu, elle souriait.

— Je me rappelle, maintenant, où j'ai égaré mon cellulaire…

Elle fouilla la cabine du véhicule, mais ne trouva pas son précieux téléphone.

— C'est drôle, j'étais pourtant sûre !

— Sûre de quoi ? fit Denis.

— Ben, de l'avoir laissé sur un siège, ou alors en dessous.

— Tu nous as bien dit qu'il y avait deux 4 x 4 identiques, l'autre jour, sauf qu'ils étaient de couleur différente.

— Oui. Ben, le proprio, il a dû peindre le deuxième en rouge, et…

Un cri strident retentit en provenance des toilettes.

— Béa… lâcha Denis, aussitôt inquiet.

Ankoulel était déjà sur les lieux.

La jeune fille allait bien. Seulement, elle était aussi blanche qu'un linge et elle tremblait de tous ses membres. Étendu sur le sol, le visage tourné contre le mur et les mains attachées dans le dos, il y avait là un homme.

— Est-ce que c'est Vic Barthelet ? voulut savoir Denis.

Ankoulel et Mia opinèrent.

Le jeune Malien s'accroupit, vérifia son pouls et son souffle, et dit :

— Il est OK.

Béa avait eu le temps de se calmer un peu. Pendant que Denis aidait Ankoulel à relever et à détacher le mécanicien, elle déclarait, sûre d'elle :

— Au moins, on sait maintenant qu'il ne faisait pas partie de la bande de voleurs.

En tournant en rond comme un détective, les yeux rivés au plafond, elle tenta de reconstituer les événements.

— Un : Kaylen était au village avec son père et leurs complices. Deux : ils ont emporté les masques à bord d'un 4 x 4 rouge, sans doute le frère jumeau de celui-ci. Trois : ils ont volé le véhicule au garagiste, qui leur a résisté.

— Quatre, compléta Denis, les yeux brillants : Mia a perdu son cellulaire dans le véhicule dérobé par les bandits.

Béa fronça les sourcils.

— Qu'est-ce que ça a à voir avec notre enquête ?

— Mais tout ou presque, répondit Denis, malicieux.

Il prit Mia par les épaules.

— Dis, est-ce qu'il était allumé, ton cellulaire ?

— Heu, ben… oui, je crois.

— Parfait.

— Comment ça, parfait ! s'indigna Béa. Si tu nous expliquais.

Denis se contenta de rigoler. Pendant ce temps, allongé sur un vieux canapé avec une poche de glace posée sur le front, car il avait une très vilaine bosse violette, le garagiste grommelait qu'il avait été trompé et volé. Un jeune homme était venu le voir. Un petit vaurien.

Mia imagina sans peine Kaylen dans le rôle que cette description très peu flatteuse supposait. Dire qu'elle trouvait l'adolescent beau et charmant ! Elle était si en colère contre sa propre naïveté que, comme elle l'avait d'ailleurs dit, elle se serait mordue elle-même.

— Nous allons avoir besoin de ce second 4 x 4, décréta Denis.

Il se pencha sur le garagiste et lui demanda la permission de le lui emprunter. Ce serait, bien sûr, pour la bonne cause.

— La bonne quoi ? se récria Vic Barthelet, encore sonné. Pas question, bande de voyous ! Et je vous avertis que…

Sa réaction était prévisible. Il s'était déjà fait battre et voler et cela l'avait rendu méfiant. De plus, un camion comme celui-là, tout neuf, au Mali, c'était aussi précieux que rare.

Ankoulel entreprit de tout lui expliquer, le vol des masques, les pilleurs, la fuite… Mais Denis lui coupa la parole en déclarant qu'ils n'avaient pas une seconde à perdre en justifications. Et il bâillonna le pauvre garagiste.

— Aidez-moi à l'attacher. Il y a des câbles, là !

— Tu es sérieux ? s'effraya Béa.

— Il ne nous laissera pas son 4 x 4.

Comme le garagiste rouspétait toujours, Ankoulel l'étourdit d'un coup de poing, tout en s'excusant.

— Désolé, mais c'est pour votre bien.

Décidément, le jeune Malien mettait beaucoup de détermination dans une mission qui, en principe, ne le concernait pas. Mia se dit que, tout comme elle, il avait certainement ses raisons ; des raisons dont elle se faisait une petite idée.

Denis demanda à ses amis :

— Vous voulez toujours essayer de rattraper les voleurs ?

— Oui ! répondirent-ils en chœur.

— Alors, il faut partir.

— Mais pourquoi ne pas laisser la police s'occuper de tout ça ? bougonna Béa.

Mia s'esclaffa et dit :

— Cette longue virée en camion depuis la falaise lui a fait perdre son goût de l'aventure.

Sa sœur haussa les épaules.

— C'est n'importe quoi.

Denis monta à bord du 4 x 4.

— Peux-tu le conduire, Ankoulel ? s'enquit le garçon. Moi, je sais un peu, mon père m'a montré. Mais, bon ! Car, entre toi et moi, de continuer avec ta vieille camionnette serait suicidaire. Elle est cuite.

— OK, fit le jeune Malien.

Béa s'assit devant avec son ami.

— Tu ne nous as toujours pas expliqué ton idée, fit-elle.

— En fait, c'est très simple, répondit Denis. Mais d'abord, nous devons nous rendre dans un café Internet. Je dois absolument appeler mon père…

Blogue de Béa

Denis, je ne le répéterai jamais assez, c'est un petit génie. Et, pour tout dire, je le trouve beau, moi ! Peu importe ce que pense Mia. Mais, en vérité, son idée n'était pas aussi simple qu'il l'avait dit…

On est donc allés dans un des quatre cafés Internet de la ville. Il était tout neuf et noir de monde. Denis a pu malgré tout dénicher un ordi. Il a tendu ses doigts au-dessus du clavier comme le font les pianistes et son plan s'est mis en route, on aurait dit tout seul. Un vrai petit robot, Denis !

Il nous parlait et, en même temps, il téléphonait à son père avec son propre cellulaire. Je vous l'écris sous forme de dialogue, ce sera encore plus drôle.

— Je ne vous ai pas dit ? S'est-il exclamé. Mes parents et moi, on a un accord. Ils me laissent vivre avec vous, mais, en même temps, chaque fois qu'il le peut, mon père se débrouille pour se trouver dans le même pays que moi. Ou alors pas trop loin. Il fait ça pour tranquilliser ma mère. En ce moment, par exemple, il est à Bamako, la capitale. Et comme par hasard, la société de communication du pays a son siège social là-bas. Il se trouve qu'il est justement en train de négocier un gros contrat avec les dirigeants de cette compagnie…

À son père, il disait :

— Allô, papa ! C'est moi. Dis donc, j'ai un gros service à te demander. Question de vie ou de mort…

Je le savais que Denis nous serait très utile si on avait à élucider d'autres mystères.

Son idée, même si j'ai dit le contraire tantôt, était finalement simple. Il s'agissait de retracer *le signal du cellulaire de Mia. Car, dans les cellulaires, selon ce que nous a expliqué Denis, il y a une puce qui est activée par défaut à l'usine. Si on ne la veut pas, on peut la désactiver nous-même. Mais Mia n'avait, bien sûr, aucune idée de la chose. Sans doute que notre père non plus.*

Denis a repris :

— Cette puce agit comme un GPS. Vous saisissez ?

— Est-ce que ça veut dire qu'on peut savoir où il se trouve en ce moment ? a demandé Mia.

— Exactement.

Moi, je restais perplexe. Si ça pouvait marcher, c'était formidable. Je veux dire dans ce cas précis. Mais est-ce que ça signifie aussi qu'on peut nous repérer partout où on est... même si on ne le veut pas ?

Denis a répondu que oui, mais qu'on peut désactiver cette option. Bon. Mais quand même !

Après le café Internet où Denis a pu télécharger un itinéraire précis – sur son cell, il ne pouvait pas obtenir de réseau –, on a repris la route. Direction Mopti, la Venise d'Afrique de l'Ouest. Car c'était de là que provenait le signal du cellulaire qui, on l'espérait, se trouvait toujours dans le 4 x 4 utilisé par Kaylen et son père.

C'était génial, finalement, comme idée.

On a roulé à toute vitesse. On a dépassé le carrefour de Sévaré et on est arrivés dans les environs de Mopti à la tombée du jour.

Le chemin a été super long. Des fois, on entendait comme des gémissements dans notre dos. Était-ce possible que ce 4 x 4, qui avait l'air si neuf, soit en fait un vieux bazou bricolé par le garagiste, et qu'il y ait des fuites d'air ou un truc comme ça ?

En tout cas, ça remuait derrière.

J'ai demandé si quelqu'un avait vérifié si la cage était vide.

— La portière était ouverte, mais je l'ai refermée, a répondu Ankoulel. À l'intérieur, je n'ai vu qu'un tas de vieilles couvertures jaunes et noires.

Ah bon.

— Et la drôle d'odeur ? que j'ai demandé.

Mia a rétorqué :

— Quelle odeur ? Tu as encore la puanteur de l'huile de garage dans le nez. Comme moi la dernière fois.

N'empêche.

Bref, en arrivant au marché, on a vu des pêcheurs assis sur le sol en train de faire sécher leurs prises du jour sur des couvertures faites de nattes et même, ce qui n'est pas très hygiénique, directement sur la terre battue. Il y avait aussi des forgerons. L'un d'entre eux déformait une grosse pièce de tôle avec des pinces. Ensuite, il la découpait et la faisait fondre sur un feu de fortune. Aidé de son fils, il fabriquait des clous.

Ankoulel a dit que Mopti était une ville de pêcheurs. D'ailleurs, ils fumaient les poissons *dans de la paille et les mélangeaient ensuite à de la bouse de vache. Beurk! Il paraît que c'est la bonne façon de faire. Je ne veux pas critiquer les mœurs de la population locale, mais enfin, même s'il s'agit d'une friandise très appréciée des Maliens, on a le droit de ne pas aimer. Et puis, les Maliens, peut-être qu'ils n'aimeraient pas ça, les œufs brouillés, les saucisses et le sirop d'érable.*

Comme je l'ai dit, la nuit tombait. Des chants et de la musique s'élevaient des rues. Il y avait beaucoup de monde dehors. Ankoulel nous a informés que les Maliens sont des gens qui aiment faire la fête. Je n'ai aucun doute à ce sujet.

Après s'être assuré auprès de son père, grâce à son cellulaire, de la route qu'on devait prendre, Denis a affirmé:

— Le signal nous vient de tout près d'ici...

C'est à ce moment précis que Mia a encore fait des siennes. Elle a dit:

— S'il te plaît, Ankoulel, tu peux arrêter le moteur? J'ai un truc à vérifier.

Le jeune homme a obéi, même si j'ai rétorqué que le temps pressait et qu'il fallait tout faire pour récupérer les masques volés.

Mais Mia est, comme vous le savez, une obstinée pathologique. Elle est descendue, elle est allée en arrière et elle a ouvert le coffre de la cabine.

On a entendu une sorte de cri étouffé.

J'ai plaisanté:

— *Tu t'es fait attaquer par les couvertures qui puent ?*

Il s'est écoulé quelques secondes. J'étais énervée à cause de cette perte de temps inutile.

Elle est remontée devant et a refermé la portière. J'ai demandé :

— *Alors, satisfaite ?*

— *Ouais.*

Denis lui a fait la remarque suivante :

— *Tu es drôlement blanche, tout à coup.*

Mia l'a démenti, bien sûr, et elle a dit qu'il fallait qu'on se dépêche. Ensuite, elle a posé une question vraiment très bizarre :

— *Dites, est-ce que l'un d'entre vous a de l'argent sur lui ?*

9

Parenté à plaisanterie

Denis et Béa avaient le nez collé contre la vitre enfumée du bar. À l'intérieur régnait une ambiance endiablée. Musique, tambours, danses, rires, conversations bruyantes et alcool.

— Là! À la table du fond, près du billard, fit Béa. Je le reconnais. C'est Magnus Korf.

Denis hocha la tête.

— Alors, les hommes assis avec lui sont ses complices.

Ils étaient une demi-douzaine de malabars mal rasés, mal habillés, l'air sombre, le regard méfiant. Un brun musclé au visage anguleux tailladé de cicatrices les dominait d'une tête.

— C'est sans doute leur chef, déduisit Denis.

Ils entendirent des pas derrière eux. Le cœur de Béa fit un bond dans sa poitrine. Mais ce n'était qu'Ankoulel, accompagné d'un jeune homme de son âge aussi noir de peau que lui, grand et maigre, avec une tignasse en épis et des lèvres très charnues.

— Je vous présente Malicounda, mon cousin. Il est de la tribu des Sérères.

Denis salua le nouveau venu.

— Il est du coin, précisa Ankoulel. J'ai pensé que nous aurions peut-être besoin d'aide.

— Ça, c'est sûr ! claironna Denis.

Béa semblait contrariée.

— Où est encore passée Mia ? s'énerva-t-elle.

— Elle est retournée au 4 x 4. Bon, reprit Denis sans tenir compte de la grimace de son amie, maintenant que nous savons où se trouvent les voleurs et où ils ont caché le 4 x 4 qu'ils ont dérobé au garagiste, c'est à nous de jouer.

Les coordonnées GPS fournies par le père du garçon les avaient menés près du port et de ce bar, plus précisément devant un vieil entrepôt dont les portes semblaient toutes cadenassées. Quelques minutes plus tôt, grâce à une vitre et une lampe de poche, Béa avait pu constater que le premier camion était stationné à l'intérieur.

— Quel est le plan ? s'enquit-elle.

— Le même que tout à l'heure, je présume, répondit Denis.

Après que Mia avait eu insisté pour vérifier le contenu de la cabine arrière du véhicule, ils avaient convenu que, s'ils réussissaient à retrouver le premier 4 x 4, l'idée géniale serait de l'échanger avec le leur. De la pure magie, presque en claquant des doigts.

— Dès qu'on se sera assurés que les masques sont toujours dedans, insista Béa.

— Ouais. Il faut aussi trouver les clefs, ajouta Denis. C'est même essentiel.

— Une chose à la fois. D'abord, les masques. Les clefs, elles sont peut-être restées sur le contact.

Ankoulel et Malicounda surveillaient les allées et venues. Le premier vint les trouver.

— Tout est calme, souffla-t-il. C'est la fin de semaine. Beaucoup de gens font la fête en ville.

— Il nous faudrait quelque chose pour forcer le cadenas, mentionna Denis, toujours aussi pratique.

Malicounda exhiba alors le pied-de-biche qu'il avait apporté au cas où.

— Parfait. Mais ne démolissez pas tout! leur recommanda Béa.

Les environs du port étaient tranquilles, la nuit les recouvrait de son chaud manteau étoilé, mais, tout de même, il ne fallait pas tenter le diable.

Elle se retourna. Mia n'avait toujours pas réapparu.

— Mais, bon sang! qu'est-ce qu'elle fabrique?

Briser le cadenas fut plus facile qu'ils ne s'y attendaient. C'était à croire que tout était vraiment vieux.

— Faites le guet dehors, dit Denis aux deux Maliens.

Il se glissa bravement à l'intérieur. Béa resta en arrière, le souffle court. Enfin, la fine silhouette de sa sœur réapparut.

— Où étais-tu ?

— Pas de problème. Tout va bien.

Béa fronça le nez.

— Qu'est-ce que tu pues ! On dirait que tu t'es frotté la peau avec de la viande avariée.

Mia haussa les épaules et entra à son tour résolument dans le bâtiment.

Béa la suivit. Elle parvint à un palier, puis à une rampe d'escalier en métal. Aussitôt, une épouvantable odeur de poisson lui fit presque tourner de l'œil. Mia n'en menait pas large, elle non plus. Une main sur le bas du visage, elle semblait en proie à une vraie torture.

« Au moins, se dit Béa, je ne suis pas la seule ! »

Elle tendit l'oreille. Où était Denis ?

— Psitt ! Les filles ! leur chuchota le garçon dans le silence.

Elles le rejoignirent près du 4 x 4 rouge dérobé par Magnus et sa bande. Tout énervés de l'avoir enfin retrouvé, ils en firent le tour.

— Hélas, les portières sont verrouillées, soupira Denis.

— Ça prouve au moins que les masques sont dedans. Sinon, pourquoi ils auraient tout fermé à clef ?

Denis sourit à Béa : elle était si intelligente !

— Alors, qu'est-ce qu'on fait ? ronchonna Mia en regardant les amoureux qui s'admiraient.

Soudain, des néons illuminèrent l'entrepôt et une voix cinglante les interpella.

— Halte ! Ne bougez pas !

Pris la main dans le sac, ils se raidirent. Leur aventure palpitante se terminait ici.

Tout au contraire, Mia rétorqua sur un ton mielleux :

— Tiens donc, monsieur le Fourbe, monsieur le Traître ! Comme on se retrouve…

Kaylen accusa le coup. Il renifla, mais se reprit.

— Restez où vous êtes.

Il sortit de l'ombre. Dans sa main, il tenait un revolver.

— Les filles, dit-il, moi aussi, je suis content de vous revoir.

— Traître, répéta Mia.

Kaylen aperçut Denis et dit avec un air entendu :

— Ainsi donc, voici le petit ami de Béa. Salut !

— Salut, répondit Denis.

Béa lui donna un coup de coude.

— Comment peux-tu être aussi poli avec quelqu'un qui braque une arme sur nous ?

— Justement, ça vaut toujours mieux ! répondit le garçon. C'est lui qui tient l'arme.

— Voilà quelqu'un de sensé, approuva Kaylen. Maintenant, éloignez-vous du 4 x 4. À propos, chapeau ! Comment nous avez-vous retrouvés ?

Les filles boudèrent. Denis n'eut d'autre choix que de les imiter.

— Après tout, reprit Kaylen, ça ne m'intéresse pas. L'important, pour moi, c'est de vous empêcher de nous couper une nouvelle fois l'herbe sous le pied.

Tout, dans son attitude et son expression, dénotait que ni lui ni son père n'avaient oublié le trésor des Olmèques, au Mexique, et, plus récemment, la momie des anciens Nazcas, au Pérou, qui leur avaient filé sous le nez.

— Toi et ton père, vous êtes de très mauvais perdants, argumenta Mia.

Kaylen secoua le canon de son arme sous son joli minois.

— Là, tu débloques, petite ! Nous ne sommes pas des perdants. Pas cette fois, du moins. Reculez, que je cherche une corde pour vous ficeler.

En même temps, il sortit son cellulaire et appuya sur une touche de recomposition.

«Tout est perdu, se désola mentalement Béa. Il appelle son père… »

Kaylen ouvrait la bouche quand un pied-de-biche s'abattit sur son revolver.

— Qu'est-ce que… fit le jeune voleur avant de s'écrouler au sol, assommé par un puissant coup de poing d'Ankoulel.

— Tu tombes à pic ! le félicita Denis.

— Vite ! s'écria Béa, fouillez-le.

Leur supposition était juste. Kaylen avait bien sur lui les clefs du 4 x 4.

— Quand on aura mis l'autre à la place, n'oublie pas de lui refiler nos clefs, insista Béa.

— Quelle gentillesse ! s'exclama Mia.

Denis alla ouvrir la cage arrière du véhicule.

Après avoir couru après toute la journée et craint de les avoir perdus à jamais, ils furent tous soulagés et ravis de constater que les masques étaient encore soigneusement rangés dans des caisses à l'intérieur du véhicule.

— Vite ! vite ! s'affola Béa. Si Kaylen a eu son père au bout du fil, ils ne vont pas tarder à débouler.

Mia se pencha sur Kaylen évanoui et lui toucha le front.

— Désolée pour toi, menteur ! Une fois encore, ton père ne sera pas fier de toi.

— Ce n'est pas tout, fit Denis. Substituons les 4 x 4.

Au même moment, Malicounda ouvrit la grande porte. Leur 4 x 4 était stationné à quelques mètres seulement.

— Vite ! s'égosilla Béa.

Elle en devenait stressante.

Ankoulel se glissait au volant de leur 4 x 4 quand des pas retentirent derrière le bâtiment.

— J'ai une idée, fit alors le Malien. Il donna son jeu de clefs à Denis. Toi, conduis !

— Moi ? Mais…

Sans plus d'explication, il descendit du véhicule et poussa son cousin dans la direction des pas. Denis inspira profondément. C'était le moment ou jamais de se montrer courageux.

— D'accord, j'y vais !

Et il procéda à l'échange des véhicules comme un chef. Mia souriait et cela agaçait royalement

Béa. «Qu'est-ce qu'elle mijote?» se demandait-elle.

Au moment de repartir avec le 4 x 4 des voleurs, ils tendirent l'oreille.

— Dites, fit Mia, ce n'est pas une dispute qu'on entend?

Denis opina et sourit également.

— Mais qu'est-ce que vous avez tous à sourire aussi bêtement? s'énerva Béa.

— Il s'agit d'Ankoulel et de son cousin, expliqua le garçon. Ils se disputent pour faire diversion.

— Comment ça, ils se disputent? C'est ridi...

À bien écouter, les insultes échangées par les deux cousins étaient sérieuses. Ils n'y comprenaient rien, car les jeunes Maliens parlaient dans leur propre langue. Mais les intonations étaient plus qu'éloquentes.

Denis poursuivit:

— C'est une coutume, ici, au Mali.

— Quoi? De s'insulter entre cousins?

— Exactement. Je l'ai lu. Cela s'appelle la parenté à plaisanterie.

— Débile!

— Pour nous, oui. Mais certaines tribus ou lignages ont pour habitude, quand ils se rencontrent par hasard, de s'insulter copieusement. Bien sûr, aucun d'eux ne doit s'irriter ou se prendre au sérieux. C'est une coutume faite pour désamorcer les conflits et les rixes familiales qui étaient très courantes, autrefois.

— Comme je l'ai dit, c'est assez idiot, je n'en démords pas, répéta Béa.

— Question de culture ! *Je te tiens par la barbichette*, crois-tu que c'est un jeu plus intelligent ?

— En attendant, constata Mia, ça a l'air de marcher. Écoutez ! Les voleurs rigolent…

— Ne traînons pas ici, supplia Béa. Nous ferons monter les deux cousins un peu plus loin. Tu es sûr que tu peux conduire ?

Denis tenait le volant avec assurance.

— Ce soir, répondit-il, je me sens capable d'accomplir de vrais miracles ! Mais, de grâce, taisez-vous, ne me déconcentrez pas, les filles !

La nuit était profonde quand, après avoir chaleureusement remercié Malicounda pour son aide, ils reprirent la route en direction de Bandiagara. De conduire dans l'obscurité totale n'était guère recommandé. Heureusement, Ankoulel avait repris le volant. Il était bon conducteur. De plus, il connaissait bien la route.

Denis n'y croyait toujours pas. Ils avaient réussi ! Le matin, ils étaient partis un peu au hasard avec un seul indice dans leur poche, et ils en étaient là, à présent.

— C'est tout simplement formidable ! Incroyable ! Gigantesque ! répéta-t-il, très fier de lui.

— C'est ça, l'aventure ! pérora Béa. Ça te change de ton train-train quotidien, hein ?

— Ça, c'est sûr !

Tout alentour, il faisait aussi noir que dans un four. Une fois le soleil couché et les hommes rentrés chez eux, la brousse profonde et sauvage reprenait ses droits ancestraux. Il n'y perçait que deux fines étoiles de jour, les phares de leur 4 x 4.

Béa se tourna vers Ankoulel, qui demeurait silencieux et concentré sur la piste.

— Tu dois être content, toi aussi, non ?

Le jeune Malien sourit de toutes ses dents blanches sans répondre.

Mia, elle, faisait la moue.

— Quoi, encore ? la réprimanda Béa. Ne me dis pas que tu es triste pour ton Kaylen ! Je te signale qu'il nous menaçait avec une arme. Il n'a eu que ce qu'il méritait.

— Oh, oh ! fit Denis en scrutant la lunette arrière.

Ankoulel se raidit sur son siège.

— Ne me dites pas qu'ils nous suivent ! s'effraya Béa.

Hélas, il n'y avait que des poursuivants enragés pour foncer dans la nuit tous phares allumés et pour klaxonner comme des malades.

— Accélère ! s'écria Béa.

— À votre place, je ne serais pas trop stressée, déclara alors Mia, l'air très relax.

— Ça y est, elle capote ! dit Béa d'une voix où perçait la panique.

Ankoulel appuyait sur la pédale d'accélération. Mais la route était si incertaine qu'il ne pouvait aller plus vite sans risquer de les envoyer tous valser dans le décor. Les voleurs, par contre, semblaient se moquer du danger.

— Ils se rapprochent! constata Béa, horrifiée.

— Pas de stress, répéta Mia.

Denis calma Béa, qui répétait:

— Elle m'énerve, non mais elle m'énerve!

Il somma Mia de s'expliquer. La jeune fille haussa les épaules.

— Pourquoi, à votre avis, ai-je emprunté de l'argent à Ankoulel? Pourquoi, ensuite, il m'a accompagnée dans une boucherie?

— Oh! Regardez! la coupa le Malien. On dirait qu'ils perdent la maîtrise de leur 4 x 4.

Le véhicule zigzaguait. Au bout de quelques secondes, il s'arrêta complètement.

— C'est normal, se contenta de laisser tomber Mia.

— Normal! Mais qu'est-ce que tu racontes, à la fin?

Au fond, cependant, Béa était soulagée.

— Ouf! On en est débarrassés!

Denis et Ankoulel interrogeaient Mia du regard. Toujours aussi mystérieusement, la jeune fille était secouée par un immense éclat de rire.

Deux cents mètres en arrière, un certain Conrad Lee Grant descendit de voiture. Les cheveux ébouriffés et les traits tendus, il tenait une carabine

dans les mains. Magnus le suivit derrière le 4 x 4.
À un de ses complices, Conrad aboya :

— Ça suffit, ouvre-moi cette cage ! Vous
dites que quelques-uns de ces chenapans sont
cachés là et que ce sont eux qui font tout ce boucan ? On va bien voir ce qui vous effraie autant.
Je persiste à penser qu'on n'avait pas besoin de
s'arrêter.

Deux yeux jaunes luminescents apparurent
dans le noir. Suivit un grondement ténu, sinistre
et glacé.

Les voleurs reçurent le rugissement de King
George en pleine face.

Puis l'énorme lion bondit hors du 4 x 4.

Affolés, les hommes déguerpirent. De frayeur,
même le chef lâcha son arme.

Ce premier moment de panique passé, les
voleurs se regroupèrent. Furieux, Conrad récupéra
son fusil et tira plusieurs balles dans la direction
prise par le fauve.

Le chef des voleurs n'arrivait pas à y croire.
S'être fait berner par des gamins et deux Maliens !
C'était l'humiliation totale. Il se campa devant
Magnus Korf et l'apostropha :

— Je vous tiens pour personnellement res-
ponsable de cet échec. Vous et votre incapable
de fils !

Il cracha sur le sol en tendant le cou vers les
feux rougeoyants du second 4 x 4 qui disparais-
sait dans la nuit. L'air menaçant, il glapit :

— Sales gamins ! Vous ne l'emporterez pas au paradis !

Blogue de Mia

Je rigole. Mais alors qu'est-ce que je rigole !

Ce sacré vieux King George ! S'il n'avait pas eu l'idée saugrenue d'aller dormir à l'ombre, bien tranquille, à l'arrière du camion, eh bien, comme le répète encore Béa, qui a vraiment eu la peur de sa vie, on aurait eu un petit problème. Et même, avouons-le, un gros problème.

Si vous voulez tout savoir, quand je l'ai découvert dans la cabine arrière du véhicule, il tournait de l'œil et il avait déjà vomi partout. Autant dire qu'il ne se sentait pas bien, le pauvre ! Autrement, avec sa crinière noire touffue, ses crocs et ses griffes, il avait encore l'air d'un vrai méchant lion. Raison de plus pour ne pas le laisser sans eau ni nourriture. Au cas où !

Aussi, d'aller acheter cette viande crue, de la mettre dans un seau et de la lui lancer un morceau à la fois, c'était quelque chose de courageux, tout de même ! Rappelez-vous que, après tout, je suis végé ! Je vous dirais que je me sentais néanmoins glacée d'effroi à l'idée qu'il puisse bondir et préférer plutôt m'arracher un bras. En même temps, comment dire ? j'avais le sentiment qu'il ne me ferait rien. Il y avait son regard doré, ses yeux qui clignaient de temps en temps, les mèches noires de sa crinière qui tombaient sur son mufle. Je savais très bien qu'il m'observait, qu'il me sentait, qu'il me reconnaissait.

Mon cœur battait comme un tambour. Ça aussi, il devait le savoir. Peut-être même que ça le faisait rigoler, en dedans. Tout le monde dirait que je suis folle, surtout Béa, qui ne s'en prive pas. Ce que j'ai fait, c'est un truc à ne pas faire, c'est un peu vrai. Vous me suivez? Mais, en voyage, dans un autre pays et dans une enquête comme la nôtre, des fois, eh bien! on fait des choses osées, stupides ou folles qui, finalement, nous font du bien. Ou alors du mal. Bref… je me comprends.

Maman le disait, en tout cas. «Fais des choses que tu n'as pas l'habitude de faire et tu verras que tu deviendras plus forte. C'est comme un cercle qu'il y aurait tout autour de toi. Au début, il est petit et tu as très peur de ce qui se trouve à l'extérieur. Et puis, à force d'agrandir ce cercle en accomplissant des choses différentes ou même incroyables, tu grandis toi-même. L'idée, c'est d'avoir autour de soi un cercle immense. Pour se sentir bien et à l'aise partout.» Voilà ce qu'elle répétait. Et là, bon sang, j'y crois!

En vérité, donc, pendant tout ce temps je gardais King George en réserve, comme une arme secrète, si vous voulez. Et ça a marché! C'est Béa qui en est restée toute baba.

On est rentrés au village au petit matin. Ankoulel a été très brave. Il a conduit d'un seul trait pendant que, nous, on sommeillait.

Quand il a vu arriver le 4 x 4, Matox a commencé à gesticuler et à s'énerver.

— Que des ennuis! Que des ennuis! Je le savais! qu'il répétait.

Blablabla! Son éternel refrain.

Mais il a changé de disque dès qu'on a ouvert la cabine arrière et qu'on a commencé à en sortir les masques. Tout le village a accouru. Un vrai déferlement. Il y avait aussi papa qui, fou d'inquiétude, n'avait pas dormi de la nuit, et Miss Bloomdale qui était aussi blanche et aussi parfaitement décoiffée que possible.

Elle est allée nous chercher des jus d'orange et elle a fait du café pour papa, Matox et elle. Après avoir boudé quelques minutes parce qu'il croyait qu'on l'avait lâchement laissé tomber, Chaussette est venu nous faire la fête. Il n'arrêtait pas de vouloir poser ses pattes de devant sur ma robe, le sacripant! En même temps, il faisait une grimace épouvantable. Sans doute sentait-il sur moi l'odeur du lion!

Sur ce, le chef du village est arrivé, ainsi qu'un autre vénérable vieillard qui a dit s'appeler Kigalou.

— Kigalou? Ce n'est pas le chaman que tu devais rencontrer, papa? a dit Béa.

Mais elle a aussitôt ajouté qu'elle le reconnaissait.

— *Vous êtes Ol Kalou, le sculpteur de masques!*

Le vieux sage a souri. À la vérité, il était à la fois l'un et l'autre.

Il s'est avancé vers notre père, nous a montrées de sa main ouverte et a déclaré:

— *Vos enfants sont une bénédiction. Ils ont sauvé le village et l'âme de nos ancêtres. Soyez-en remercié!*

Je me suis retournée vers Matox, l'air de lui dire: « Et toc pour vous! »

Il ne savait pas trop quoi dire, le pauvre!

À ce moment précis, Ol Kalou-Kigalou – ou l'inverse – a dit une chose qui a vraiment fait très plaisir à papa:

— *Il est maintenant temps pour moi de tenir mes engagements…*

Miss Bloomdale s'est approchée de Béa, de Denis et de moi. On bâillait, on tenait à peine sur nos jambes. Toutes ces émotions et, ne soyons surtout pas modestes, notre acte d'héroïsme pur nous avaient épuisés, d'autant qu'on était courbaturés d'avoir très mal dormi dans le 4 x 4.

Bref, il n'y aurait pas de cours aujourd'hui non plus.

En dernier, alors que les villageois nous entouraient et qu'ils emportaient précautionneusement leurs masques sacrés dans leur village, Béa s'est approchée et m'a demandé pourquoi j'avais encore l'air triste.

Je pensais à King George. J'espérais de tout cœur qu'il avait pu s'échapper. Ç'aurait été cruel que les voleurs l'aient abattu froidement. Car, quand même, on avait entendu des coups de feu!

Béa m'a encouragée.

— Sûr qu'il s'en est sorti!

Je l'ai regardée. Est-ce qu'elle disait ça rien que pour me consoler?

Pour ajouter au fabuleux spectacle de la joie qu'éprouvaient les gens du village, on a assisté à des retrouvailles qui nous ont fait bien plaisir. Ankoulel avait retrouvé Naïté. Pour la première fois, ils ne se cachaient pas. Le garçon avait gagné la sympathie des Dogons.

Malgré toute cette joie, j'ai une raison de me sentir un peu triste. Kaylen.

Je sais que c'est stupide, mais bon. Je suis triste parce que son père est sûrement furieux contre lui. Je peux comprendre sa frustration. Celle de Kaylen, pas celle de son père! Car, ce qu'on pense de nous, c'est vachement important. Surtout quand il s'agit d'un de nos parents et que, comme c'est le cas de Kaylen, c'est le seul qui nous reste.

10

La caverne secrète

— Alors, tu les vois ? s'enquit Béa.

Mia se hissa sur le gros rocher qui surplombait le sentier de chèvres qui menait à l'embouchure de leur caverne.

— Ouais. Ils tirent la langue, mais ils arrivent.

— Ce n'est pas trop tôt, fit Denis en consultant sa montre.

Miss Bloomdale les rappela devant l'entrée ; la leçon n'était pas complètement terminée.

Exceptionnellement, ce matin, Eulalie avait décidé d'enseigner non seulement à l'extérieur, en milieu naturel, mais aussi en altitude. Puisque, depuis leur exploit, ils étaient salués, invités partout et suivis dans leurs déplacements par une nuée d'enfants dogons en admiration, la professeure avait choisi pour cadre de la leçon cette nouvelle caverne indiquée par le vieux Kigalou.

Il s'agissait d'un endroit reculé ordinairement inaccessible aux étrangers. C'était la caverne des anciens, celle qui, d'après le sorcier, avait été utilisée par les premiers Dogons de Yoyé quand ils étaient arrivés sur la falaise et qu'ils avaient, en quelque sorte, pris la suite des Tellem.

— C'était aux alentours de l'an 1350, précisa Miss Bloomdale.

Nathaniel et Matox les rejoignirent et prirent enfin pied sur le surplomb rocheux. Située proche du sommet à l'aplomb de la falaise, l'ouverture, très étroite, dominait l'ensemble du paysage. À tout moment de la journée, la vue depuis cet endroit était un enchantement, car la lumière du soleil éclairait le site tel un joyau. Il était près de midi. Pour l'heure, le moutonnement ocre, vert et brun de la brousse s'étalait à perte de vue. Au loin flottaient des nappes de brume causées par l'extrême chaleur et toute la vapeur d'eau en suspension dans l'air, ce que Miss Bloomdale tâcha de leur enseigner en des termes clairs et précis.

Cela ne l'empêchait pas, comme maintenant, de se percher sur le rocher et de profiter de la beauté sauvage et grandiose du panorama.

— Alors, papa ? s'enquit Béa.

— Oui, monsieur Thompson, renchérit Denis, tout aussi curieux. Comment s'est déroulée votre rencontre avec le sorcier ?

Matox entendit la question et renâcla. « Espérons, murmura-t-il pour lui-même, qu'il ne se lancera pas dans une de ses interminables explications ! On est venus pour faire des recherches, pas pour discutailler. »

— Ça, mon garçon, répondit Nathaniel, ce sont des secrets à ne révéler qu'à des initiés.

Si Matox sourit, Denis pesta. L'archéologue ne devinait-il pas qu'il était lui-même un futur grand scientifique, ou bien un documentaliste célèbre ? Béa tapota l'épaule de son ami. Denis se redressa aussitôt. C'était vrai ! Avait-il vraiment besoin de mots pour savoir ce que Kigalou avait pu transmettre aux deux hommes ? Il s'était renseigné de son côté et il savait, par exemple, que les Dogons prétendaient détenir des connaissances astronomiques qu'ils n'étaient pas censés posséder.

— Je m'explique, dit Nathaniel aux jeunes. Ils connaissaient avant les savants européens l'existence de la planète Uranus, et aussi de Pluton, qui a été ravalée au rang de planète naine il y a quelques années.

Devant l'air narquois de Mia, il insista :

— Si, si, c'est vrai !

Béa opina du chef et approuva.

— Ils affirment détenir ces informations de leurs dieux tombés autrefois du ciel dans des chars de feu, dit-elle.

Nathaniel écoutait tout en souriant à demi.

Eulalie sortait les sandwichs de la cantine portable, de bons vieux sandwichs américains et non pas de ces friandises maliennes composées d'insectes frits, un délice, sûrement, mais bon ! ils n'étaient sans doute pas encore prêts à toutes les aventures.

Le contremaître jouait au roi des sceptiques. Il préférait de loin les théories officielles à ce qu'il appelait des élucubrations d'illuminés.

Il secoua sa grosse tête rousse et déclara encore :

— Moi, lâcha-t-il, je pense plutôt que les anciens Dogons ont dû rencontrer, au XVIIIe et au XIXe siècle, des savants venus d'Europe. Ces savants leur ont parlé de ces planètes tout juste découvertes et les Dogons les ont, mine de rien, intégrées à leurs propres croyances ancestrales. Ces histoires de dieux tombés du ciel et de secrets transmis de bouche à oreille, c'est du vent. D'ailleurs, ils n'ont rien pour prouver leurs dires, ni tablettes de pierre ou d'argile ni écrits qu'on pourrait dater avec certitude.

— Monsieur Matox, lui répondit Nathaniel sur un ton léger, en continuant de professer cela, vous ignorez volontairement que toutes les traditions ou presque des anciens peuples encore vivants sur notre planète racontent les mêmes choses.

— Encore votre théorie des anciens astronautes venus de l'espace pour éduquer les pauvres humains malheureux et sauvages vêtus de peaux de bêtes ! Vous me faites rire.

— Alors, riez. Nous verrons bien !

C'était plus fort que lui, Nathaniel ne pouvait s'empêcher de voir plus loin que le discours officiel des scientifiques. Car, disait-il, ils se ferment volontairement les yeux parce que ces évidences troublantes jettent un doute sur tout ce qu'ils ont mis des années à apprendre par cœur.

— Hé! les appela Miss Bloomdale, si vous redescendiez de vos étoiles pour manger! C'est prêt.

Ils eurent à peine terminé leurs bouchées que Chaussette se mit à aboyer comme un malade.

— Oh! s'étonna Mia, de nouveau juchée sur le rocher, on vient. Des gens. Des tas de gens…

— Comment ça! s'indigna Nathaniel. Je croyais que nous étions les seuls autorisés à étudier cette caverne!

Son visage se plissa. Espérait-il vraiment trouver là les preuves qui lui manquaient pour compléter sa propre théorie de l'origine de la race humaine et celle, encore plus complexe, de son histoire des civilisations perdues?

Kassemba se montra bientôt le bout du nez. Il accompagnait en effet un groupe de touristes. Pour s'excuser, il expliqua qu'il avait reçu l'autorisation du chef du village.

Caméra en main, les «envahisseurs», comme les nomma d'emblée Nathaniel, se pressèrent tel un essaim de mouches dans l'entrée de la caverne.

Un homme grand et musclé vêtu d'une djellaba noire et d'un profond capuchon s'excusa avant de passer. Il portait une grosse glacière. Comme Chaussette lui grognait après, Mia laissa tomber:

— Il doit transporter à boire. Allons, Chaussette, laisse-le tranquille.

— Je propose, décida Nathaniel en se levant, que nous entrions nous aussi et que nous fassions nos recherches avant qu'il n'y ait plus rien à découvrir. Et tant pis s'il y a du monde !

Malgré ce qui ressemblait à un embouteillage, ils visitèrent la grotte et furent assez déçus du résultat. Mais à quoi s'attendaient-ils ? Qu'avait révélé Kigalou ? Béa et Denis recommençaient à se parler à voix basse entre eux et cela ne faisait pas du tout l'affaire de Mia. Elle se sentait mise à l'écart et forcée de tenir compagnie à Chaussette. Entendez par là qu'elle devait surtout empêcher le jeune chien de renifler les touristes occupés à parler fort, à faire des commentaires et à filmer chaque paroi, chaque rocher. De temps en temps, Mia se croyait surveillée ou, pire, jugée par sa sœur.

« Qu'est-ce qu'elle a à me regarder comme ça ! se plaignait-elle intérieurement. Elle veut ma photo ? »

Kassemba savait qu'il dérangeait. Aussi, il s'arrangeait pour rester dans son coin avec son groupe.

— Pour lui, je sais, fit Mia, il n'y a que l'argent qui compte.

— Comprends-le, plaida Denis. C'est avec cet argent qu'il aide sa famille. Et les touristes veulent du neuf. Cette caverne, par exemple !

— Bof, renchérit Béa, qui avait exploré les quelques pièces, vestibules et salles composant la caverne. Je m'étais attendue à plus. Avez-vous vu les autres ?

Les trois adultes semblaient s'être volatilisés. Avaient-ils, les chanceux, découvert sur les parois autre chose que d'anciennes crottes de chauves-souris ?

— Et s'il y avait vraiment des rochers peints ou sculptés ? se demanda Denis, les yeux remplis d'étoiles.

— Tu rêves ! Il n'y a que des crottes qui puent, ici, répéta Mia.

De la beauté des superbes congères de grès poli, des stalactites qui tombaient des voûtes sombres et des stalagmites qui jaillissaient du sol, elle ne voyait rien. Elle s'attardait trop aux messes basses entre Denis et Béa !

Soudain, un jeune touriste l'aborda. Il était bien habillé d'une chemise propre, d'un jeans mode et de chaussures en cuir véritable. Il portait des lunettes de soleil. Ses traits réguliers et sa chevelure rousse mal coiffée lui donnaient un air factice de voyou.

— Mademoiselle, dit-il, je voudrais vous…

— Me quoi ? rétorqua Mia, de très mauvaise humeur.

Elle avisa les beaux vêtements et s'excusa pour sa mauvaise humeur.

— Désolée. Vous disiez ?

— Bien, je…

Chaussette se mit aussitôt à remuer la queue et à s'énerver.

— Faut lui pardonner, s'excusa la jeune fille, il peut être assez mal élevé.

Le garçon repoussa brutalement Chaussette et saisit Mia par le coude.

— Hé, mais vous me faites mal !

— Chut ! lui ordonna l'inconnu.

Il l'entraîna dans un coin, retira ses lunettes et sa perruque, et ajouta :

— Vous êtes en danger, ici. Nous le sommes tous.

Mia n'en croyait pas ses yeux. À la lueur des torches électriques brandies par les touristes, elle reconnaissait…

— Kaylen ?

— Sûr ! Qui d'autre est un as du déguisement ?

« Toujours aussi beau et prétentieux ! » songea Mia.

— Mais qu'est-ce que tu fais ici ?

— Je viens te prévenir d'un danger, imbécile que je suis !

La jeune fille ne comprenait pas.

Béa et Denis la cherchaient et l'appelaient.

Kaylen lui tordit alors un bras dans le dos et lui posa son autre main sur la bouche.

— Surtout, murmura-t-il, ne crie pas et écoute.

— Hé ! Toi ! s'offusqua Denis en s'approchant.

Il braqua sa lampe-torche.

— Toi ! répéta-t-il en prenant un air menaçant.

Kaylen faillit éclater de rire.

— Ouais ? fit-il.

— Tu es dingue d'oser te montrer ici ! l'interpella Béa, qui venait également de le reconnaître. Mon père va…

Kaylen secoua la tête. Du pied, il leur montra un vêtement jeté sur le sol.

— Tu reconnais ça ?

Denis s'accroupit, souleva la djellaba noire et laissa tomber d'une voix monocorde :

— Le mec à la glacière…

— Ce n'était pas un musulman, avec ce vêtement-là, c'était Conrad. Et il ne transportait pas son pique-nique avec lui, figure-toi !

Voyant que les jeunes ne comprenaient toujours pas, Kaylen fit claquer sa langue d'agacement.

— Bon sang, quelle bande de nuls ! Je suis monté vous dire que ça va péter.

— Quoi ?

— Oui, boum ! Exploser. Faut sortir !

— Mais…

Comme les autres hésitaient quant à la conduite à tenir, Kaylen libéra le bras de Mia et la tira par la main. Un étroit couloir les séparait de la grande salle voisine, haute de plafond, que tout le monde filmait.

— Conrad n'a aimé ni se faire voler les masques ni son tête-à-tête avec ton ami le lion, Mia, ajouta Kaylen. Il a juré de se venger.

— Voyons, on est une centaine, dans cette grotte. Il n'oserait quand même pas…

— … tuer tout le monde ? Peut-être pas. Mais pourquoi prendre le risque ?

Denis sembla enfin réaliser le sérieux de la menace.

— Restons calmes, dit-il, Kaylen a raison. Mieux vaut déguerpir.

— C'est quoi qu'il y avait, dans cette glacière ? voulut savoir Mia.

— À ton avis, répliqua Béa. Dans cette grotte, même une petite explosion pourrait tout foutre en l'air.

Elle la poussa dans le dos.

Kaylen faisait demi-tour. Il leur cria :

— Allez vous mettre à l'abri, je vais tenter d'avertir les autres !

Mia s'arrêta net. Béa l'imita.

Soudain, une formidable explosion secoua la caverne.

11

La stèle gravée

— Béa! Mia! Denis!

Soutenu par Miss Bloomdale, Nathaniel lançait des appels désespérés. Matox les tirait tous deux par le bras au milieu de la foule épouvantée. Les grondements de la caverne et les volutes de poussière ne lui facilitaient pas la tâche. Malgré sa haute taille, le contremaître avait besoin de toute sa force pour se frayer un passage. Ils croisèrent Kassemba, qui conduisait son groupe de touristes vers la sortie.

— Tu as vu les filles? lui demanda l'archéologue en crachant du sable.

Le jeune Dogon secoua la tête. Tout s'était passé si vite! Une Allemande entre deux âges semblait en difficulté. Il s'excusa et fit courageusement demi-tour pour aller l'aider.

Autour d'eux, les parois ne cessaient de trembler. D'énormes blocs de roche hésitaient encore à se décrocher du plafond. Parvenus sur la saillie qui surplombait le village, ils virent qu'une section de la montagne avait été comme éventrée. Une colonne de fumée noire s'en échappait et montait dans le ciel. Les gens toussaient, se disputaient, se plaignaient.

Eulalie remarqua l'expression tendue du contremaître.

— Monsieur Matox, est-ce que ça va?

Le grand roux fixait, immobile, l'immense panache de fumée et de débris qui se déployait au-dessus de leurs têtes.

— Les enfants! Où sont les enfants! ne cessait de geindre Nathaniel.

Beaucoup de touristes étaient en état de choc. Si certains parlaient de se mettre en sécurité, d'autres secouaient leurs vêtements et remerciaient le ciel d'avoir survécu à ce qu'ils prenaient pour un tremblement de terre.

Nathaniel haussa le ton.

— Attendez, ne partez pas! Il y a peut-être des gens coincés sous les décombres!

Un homme s'approcha. Matox le reconnut.

— Espèce de sale voleur! lui jeta-t-il au visage. Comment osez-vous nous narguer!

Magnus Korf avait un air piteux. Il paraissait aussi mal en point que les autres. Son visage sévère et son expression hautaine avaient comme fondu au soleil. Chaussette aboyait et poussait des gémissements.

— Mon fils voulait prévenir vos filles, balbutia alors le chef des pilleurs de tombes. C'est un entêté et…

Nathaniel et lui se dévisagèrent.

— Vous ne comprenez pas, renchérit Korf d'une voix sourde. Ce n'était pas un séisme. L'autre nuit, mes collaborateurs n'ont pas apprécié de se faire dérober les masques et…

Matox le saisit au collet.

— C'est un comble ! s'écria-t-il. Comment ça, se faire dérober les masques ? C'est vous, les voleurs, que je sache !

Nombre de touristes redescendaient. Fort heureusement, une vingtaine de villageois, hommes et femmes confondus, arrivaient en sens inverse, armés de pics, de pelles et de brouettes.

Le contremaître se calma alors et prit les choses en main :

— Il faut immédiatement organiser les secours, décida-t-il.

Il forma des équipes. Korf fut le premier à accepter un outil et à s'introduire dans la caverne.

— C'est de ma faute, Eulalie, s'accusait Nathaniel. Si je ne faisais pas toujours passer ma carrière avant…

Miss Bloomdale passa un bras autour de ses épaules.

— Rassurez-vous, l'encouragea-t-elle, on va les retrouver.

Pour donner raison à la professeure, Chaussette lui-même grattait la terre et se démenait comme un vrai sauveteur !

Mia éternua ; elle était couverte de terre. Denis, Béa et Kaylen l'entendirent rouspéter.

— Si Mia se plaint, déclara Béa, c'est que tout va bien.

Sa voix résonna dans la chambre souterraine. Kaylen alluma sa torche et demanda quand même :

— Tout le monde est vivant ?

— C'est un miracle, répondit Denis, mais il semble que nous ayons tous survécu.

— Parle pour toi, geignit Mia. Je te signale qu'on est prisonniers sous des tonnes de roche.

Vu les circonstances, elle n'osa pas parler de ses cheveux emmêlés et de son visage couvert de poussière.

L'air était saturé de particules. Kaylen se mouilla un doigt et le tendit dans toutes les directions.

— Arrête de faire l'intéressant, le rabroua Mia.

— Laisse-le, la coupa Denis, je crois qu'il cherche s'il n'y a pas, quelque part, des courants d'air.

Pendant que Kaylen sondait les différents couloirs avec sa lampe-torche, Denis essayait de se rappeler la topographie des lieux.

— Ne cherche pas, fit le jeune voleur. L'explosion a ouvert certains passages, mais elle en a fermé d'autres. De plus, il se peut qu'il y ait aussi des gouffres…

Il braqua son faisceau lumineux sur un éboulis de grès.

— Je doute que ces empilements soient très solides. À mon avis…

Mais Denis ne l'écoutait plus. Béa ne disait rien depuis quelques minutes et cela aussi l'inquiétait. Il vit Mia agenouillée près de sa sœur, étendue par terre.

— Est-ce que ça va ? s'enquit le garçon.

Kaylen les éclaira. Béa était toute pâle et elle avait de la difficulté à respirer.

— Il faut vraiment sortir d'ici, dit Mia. En plus, Béa fait de l'hypoglycémie.

— As-tu tes cachets sur toi ? interrogea Denis, anxieux.

— Je vais… bien, haleta Béa. J'ai juste besoin de respirer.

— Ouais, mais avec toute cette poussière…

— Moi, s'emporta Mia, j'en ai marre des cavernes, des puits, des tunnels et des grottes ! On dirait qu'il n'y a que ça dans la vie d'un archéologue. C'est pas croyable ! On ne voit rien d'autre du paysage.

— Dis, pour une fois, tu pourrais moins te plaindre, lui signifia vertement Denis, et penser aux autres, coincés comme nous. Il y a sans doute des morts et toi…

Soudain, un second halo lumineux croisa le leur. Kaylen se crispa.

— Attention ! Il y a quelqu'un !

— Les secours ? C'est pas trop tôt, soupira Mia en reprenant courage.

Une silhouette se découpa dans le couloir.

— Grant, laissa tomber le jeune voleur.

— Qui donc ? se récria Mia.

Kaylen la tira derrière lui et lui intima l'ordre de garder le silence. Plus intuitifs, Béa et Denis devinaient qu'il se préparait une sorte de bras de fer entre les deux voleurs.

— Laisse-moi deviner, s'esclaffa Kaylen en se plaçant d'instinct entre les jeunes et le chef des contrebandiers. Tu as utilisé une bombe à faible puissance, mais tu n'avais pas pensé qu'elle pouvait être aussi dévastatrice. Tu t'es fait prendre à ton propre piège. Bien fait !

— Tu parles trop, sale vaurien.

Un canon de revolver brilla dans la main de l'homme.

Kaylen s'élança et les deux voleurs roulèrent sur le sol. Les trois autres craignaient à tout instant d'entendre une détonation. Un cri bref retentit. Enfin, Conrad Lee Grant repoussa le corps inanimé de l'adolescent et se releva.

— Stupide tentative, morpion! Décidément, tu n'es qu'un moins que rien, qu'un incapable.

Denis avait ramassé la torche de Kaylen. Il éclaira l'homme et constata, soulagé, qu'il avait au moins perdu son arme dans l'échauffourée.

Grant avança d'un pas.

— Reculez! ordonna timidement Denis.

— Dégage, moustique!

Le garçon mit deux secondes à comprendre que la remarque lui était adressée. Kaylen ne bougeait plus. Mia avala difficilement sa salive, s'étrangla à moitié et dit:

— Est-ce que tu crois qu'il est...

— Le temps est venu pour vous de me payer l'injure de l'autre nuit, gamins, l'interrompit Grant.

— Quelle injure? rétorqua Béa, outrée. Après tout, c'est vous, le voleur!

La caverne continuait à gronder. Grant saisit brusquement la jeune fille par le bras et la poussa au bord d'une crevasse ouverte par les éboulements.

— Vous allez disparaître purement et simplement, les menaça l'homme. On ne double pas Conrad Lee Grant.

— Doubler? répéta Mia.

Denis n'était pas d'humeur à lui expliquer le sens exact de ce mot. Il se raidit.

— Toi, l'apostropha Grant, ne bouge pas. Ton tour va venir.

Il ajouta pour Béa, épouvantée, et qui se rac-crochait à son bras :

— Dis adieu à tes amis.

— Vous n'allez pas faire ça ! gémit Mia.

Pour toute réponse, un feulement rauque retentit. L'homme, mais aussi les trois jeunes, tous devinèrent qu'il ne s'agissait pas, cette fois, de la caverne, mais d'une créature tapie dans l'ombre.

Grant dirigea sa lampe-torche vers la source de ce nouveau bruit, scruta la pénombre et hurla de frayeur. L'instant d'après, le lion bondit et atterrit près de lui.

Tout se passa très vite.

Béa glissa sur le sol. Grant tâtonna sa ceinture pour en tirer son couteau à dents. King George avança vers lui, la gueule ouverte. Ses yeux d'or brillaient dans l'obscurité. Le contrebandier recula dans un des corridors ouverts par l'explo-sion. Le lion le suivit.

Ensuite, les trois jeunes entendirent un bruit de pas précipités ainsi que des grondements.

— Ouf ! On l'a échappé belle ! s'exclama Denis. Mais comment ce lion s'est-il retrouvé ici ?

Mia souriait ; elle avait sa petite idée là-dessus. Elle se précipita vers sa sœur.

— Tu n'as rien ? J'ai bien cru qu'il allait te jeter dans cette crevasse. Allez, c'est fini !

Elle aida Béa à se relever. L'adolescente trem-blait de tous ses membres. L'émotion avait été telle que son corps réagissait. Son teint était blême et ses lèvres tressaillaient. Denis fouilla dans le sac à dos de son amie et en tira ses cachets contre l'hypoglycémie.

— Tiens, dit-il, prends-en un ou deux.

Peu après, Kaylen reprit connaissance. Il s'en tirait indemne, avec seulement une nouvelle bosse pour sa collection. Lorsqu'on lui eut raconté ce qui s'était passé, il regarda Mia, admiratif.

— Toi, alors ! Encore ton fameux lion !

— Si on allait par là ! proposa Denis en pointant sa lampe en direction du couloir d'où avait jailli le vieux félin. Après tout, il est bien venu de quelque part.

Ils marchèrent pendant une vingtaine de minutes. Toujours un peu bougon parce qu'il s'était fait mettre K.-O. par Grant, Kaylen éclaira un éboulis de roches et de terre mêlées.

— Il est bizarre, cet éboulis, constata-t-il. Vous ne trouvez pas ?

— Regardez cette roche ! s'exclama Denis. Ce n'est pas une roche ordinaire, mais une stèle.

— Elle a dû tomber de là-haut, fit Mia en indiquant le plafond parsemé d'un faisceau de branches.

— Ouah ! s'extasia Béa en détaillant le cartouche de grès couvert de signes d'environ un mètre de haut sur cinquante centimètres de large. Mais c'est…

Denis fronça le nez. Après examen de la plaque, il haussa les épaules.

— Je ne saurais affirmer que c'est du dogon, dit-il, vu que ce peuple ne transmet ses traditions que de manière orale.

— Alors, du tellem, peut-être ?

— Va savoir !

— Allez, soyez chic ! Ne me dites pas que ça ne vaut rien ! s'indigna Kaylen. Il vaut forcément quelque chose, ce truc !

— Le mieux, c'est de l'emporter avec nous, décida Béa. Papa pourra l'étudier et nous dire ce qu'il en pense.

— Si tant est que papa et les autres s'en sont tirés indemnes, rétorqua Mia. Moi, je suis très inquiète.

— Ne parle pas de ça, Mia. Ça attire le mauvais sort. Oui, ils sont sains et saufs. Il faut que ce soit ainsi !

— Ça doit être lourd ! ronchonna Kaylen.

— Pas tant que ça. Le poids de la science, plaisanta Denis. Allons, courage !

Il s'arc-bouta pour soulever le bloc, mais n'y parvint pas totalement.

— OK, OK, j'ai compris, fit alors le jeune voleur.

Et il lui prêta main-forte.

Ils se guidèrent sur une clarté diffuse qui brillait loin devant eux à la hauteur de leurs yeux et atteignirent enfin l'extrémité du corridor. La trouée était plutôt étroite, mais ils n'avaient jamais été aussi heureux de revoir la lumière du jour.

— Est-ce que ça va ? s'enquit Kaylen en s'avisant de la mine pincée de Mia. Tu n'as pas cessé de regarder derrière.

La jeune fille parut étonnée que le bel Adonis se soit attardé à l'observer.

— Je m'inquiète pour King George.

Elle soupira bruyamment.

— En plus, on est où, là ? Je dois avoir une tête pas possible, avec toute cette poussière sur mes joues et dans mes cheveux.

— Ouais, opina Béa, c'est vrai que tu as l'air d'un zombi.

— Je crois qu'on a tous l'air de revenants, déclara Denis, fourbu.

Kaylen se frottait les bras et le bas du dos.

— J'espère vraiment que ça vaut quelque chose, ce machin !

Béa observa le ciel et la position descendante du soleil.

— À mon avis, expliqua-t-elle, nous devons nous trouver de l'autre côté du village.

— Moi, décida Kaylen en s'asseyant, je ne bouge plus d'ici.

— Faisons un feu, proposa encore Denis. Avec des palmes, nous produirons une fumée épaisse…

— … pour faire des signaux de fumée ? devina Béa, le regard brillant.

— Exact.

— Vous voulez vraiment jouer aux petits Indiens ? les railla Mia.

Allongé sur le dos, Kaylen suçotait une tige d'acacia.

— Au fait, les filles, c'est quand qu'on mange ?

Mia lui lança une poignée de terre en pleine figure.

— Non, mais !

— Et n'oubliez pas, ajouta Kaylen en ôtant la saleté dans ses yeux et en toussant, si cette stèle gravée vaut du fric, je veux ma part !

— T'inquiète pas, rétorqua Mia, si c'est le cas, tu l'auras.

— D'ac ! Tope là !

— Et le chef des contrebandiers ? s'enquit Denis en soufflant sur son feu qui commençait à prendre.

— Moi, gloussa Kaylen, je dis qu'avec ce grand type-là dans son ventre, ton lion, Mia, il en a sûrement pour plusieurs mois à digérer.

12

Toute une dégringolade

Blogue de Béa

Il y a une chose qu'il faut que je vous dise tout de suite. Malgré l'ampleur des dégâts, apparemment, il n'y a eu que nous de coincés dans la caverne. Et, seconde chose presque incroyable, l'explosion n'a fait aucun mort, seulement quelques blessés qui ont été transportés par hélicoptère à Bandiagara et à Mopti.

À ce qu'on m'a raconté, papa était à quatre pattes dans une galerie en train de creuser pour nous retrouver quand on lui a annoncé que Kigalou avait eu une vision. Le sorcier de la tribu avait, comme il le disait lui-même en souriant, accueilli une image dans sa tête. Il voyait... Mia marchant main dans la main avec un jeune homme aux cheveux noirs qui avait belle allure et un regard très spécial.

Il paraît que Magnus Korf, tout couvert de poussière et en train de dégager un passage entre des éboulis, s'est exclamé que ce gars-là ne pouvait être que son fils. D'après lui, c'était la preuve qu'on était vivants quelque part. Enfin, tout au moins Mia et Kaylen.

Mais où ?

C'est alors que Chaussette, décidément très intelligent ou bien entraîné par Kaylen, qui a été son premier maître, s'est mis à aboyer. Sa queue bougeait dans tous les sens et il fixait le ciel. À ce moment précis, des villageois ont aperçu nos signaux de fumée. Ces petits nuages étaient très différents de ceux causés par l'explosion car, après notre repas de fortune, Kaylen et Denis s'étaient arrangés ensemble pour envoyer dans le ciel les signaux en morse qui signifiaient S. O. S.

J'avoue que, parfois, les garçons, par leur sens de la débrouillardise, sont bien utiles.

C'est Ankoulel, le premier, qui les a traduits. Il est facile de deviner la suite. Papa, Matox et Miss Bloomdale, aidés de Kigalou et d'Ankoulel, nous ont retrouvés. La nuit était venue. Nous, on discutait bien tranquillement autour de notre feu.

Papa est presque tombé dans les pommes en voyant notre stèle gravée. Depuis, il a obtenu de Kigalou et du conseil du village la permission de l'emporter avec nous en Amérique pour l'étudier.

Papa s'est exclamé en nous serrant très fort contre lui :

— C'est extraordinaire, mes chéries ! Votre découverte pourrait être le chaînon manquant qui prouverait que les anciens Dogons ont laissé des traces écrites de leur mystérieux savoir astronomique.

À croire que cette stèle était plus importante pour lui que de nous savoir en vie. Je rigole, car je connais bien notre père. Mais, bon, c'est ce qu'une autre fille, du genre de Mia, par exemple, pourrait penser. Moi aussi, je trouve cette découverte assez miraculeuse. Comme quoi, malgré toute l'horreur de la situation, parfois les explosions peuvent avoir du bon.

Là aussi, je blague, parce que, le dénommé Conrad, on va s'en souvenir.

C'est Mia, très fanfaronne, qui a ajouté :

— Ben, c'est sûr. Quand je te le disais, qu'on te portait bonheur ! Rappelle-toi au Mexique et au Pérou.

En futur chercheur, Denis a tout de suite émis l'hypothèse que ces signes pouvaient appartenir à une autre ethnie.

C'était envisageable, en effet. Mais, on le voyait, papa avait déjà dans les yeux l'espèce de lumière qui est le signe d'une réelle passion. Pour lui, cette stèle était comme une pièce de casse-tête. Une de plus dans la construction de sa grande théorie sur le passé glorieux mais oublié de notre planète.

Nous sommes rentrés au camp. Puisque aucune autre disparition n'avait été signalée, les efforts de sauvetage se sont arrêtés là.

Papa a soupiré en pensant à sa stèle.

— Si vous en avez découvert une, c'est qu'il doit logiquement y en avoir d'autres.

Matox, en tout cas, était une nouvelle fois épaté. Il nous regardait toutes les deux comme si on était des sorcières ou quelque chose comme ça. Car Mia avait parfaitement raison. C'est en effet notre troisième mission ensemble, et voilà que, Mia et moi, on découvre encore un trésor archéologique. Je crois que le contremaître était en train de se dire que, décidément, on leur portait vraiment chance. Lui qui ne nous aime pas beaucoup, quel choc il devait encaisser, le pauvre !

Miss Bloomdale était aussi très heureuse de nous revoir. Elle avait creusé comme une folle avec les villageois et également, il ne faut pas l'oublier, quelques touristes courageux et généreux de leur personne.

En tout cas, je commence à avoir assez d'expérience pour savoir quand une de nos missions touche à sa fin. Papa ne fera pas d'autres recherches pour le moment. Le conseil des sages dogons ne l'a pas voulu. Et il me semble bien que, déjà, je nous imagine en train de plier bagage. C'est toujours triste de partir de quelque part. Même si, forcément, on s'en va ailleurs et qu'ailleurs, comme le disait maman, c'est peut-être aussi beau, voire mieux.

Je commençais tout juste à m'habituer aux gens, aux bruits, aux couleurs et aux odeurs. On dit qu'on ne peut pas vivre en Afrique sans en être changé pour toujours. Cette terre rouge, cet air chaud qui vibre, ces arbres majestueux qu'on ne voit pas chez nous et tous ces gens qui vivent différemment de nous, ils ont une force. Je la sens en moi et dans mon cœur. Et je crois que, oui, j'ai changé. Je ne sais pas encore en quoi, mais j'ai changé.

Pour Denis, c'est évident. En arrivant, il avait le teint gris de ceux qui vivent tout le temps en ville et qui ne voient le monde qu'à travers la télé ou Internet. Mais, à présent, il est plus aventureux, moins dans sa tête. Il est même bronzé. Moi, je le trouve encore plus beau comme ça.

Figurez-vous que Mia aussi n'est plus tout à fait la même. La preuve ? Vous avez sans doute remarqué que, cette fois-ci, sauf dans la caverne quand elle a paniqué, elle a moins parlé de ses cheveux, de sa peau ou de ses ongles. Même que pas une seule fois je ne l'ai vue se peinturer les ongles des pieds. C'est un signe, ça !

Ankoulel aussi est différent. Tout au moins sa vie. En effet, Naïté m'a expliqué qu'il n'était pas considéré comme à cent pour cent dogon. Jusqu'à l'âge de sept ans, il avait été élevé par des Peulhs, ce qui, malgré sa naissance dogon, en faisait un ennemi indigne d'épouser une fille du village. Mais son courage, sa ténacité, son respect pour les ancêtres et la tradition ainsi que sa grande générosité ont amené Kigalou à reconsidérer sa position.

Là, Denis me presse!

— Hé, Béa, tu vas manquer le meilleur, à force de rester enfermée à écrire. Viens! C'est dehors que ça se passe!

Voilà une autre des choses que maman disait: «Des fois, et même souvent, on regarde la vie à travers un filtre – c'était son mot à elle –, un filtre qui n'est pas le nôtre. Ce peut être la télé, par exemple, ou bien les jeux vidéo. Mais notre vie à nous, elle est où?»

Bon, là, Denis a raison. Comme toujours ou presque, d'ailleurs. C'est vrai. J'allais oublier qu'en ce moment les villageois offrent une fête à tout casser pour célébrer les épousailles prochaines d'Ankoulel et Naïté. J'entends les tam-tam, les danses, les rires. Tout le monde est là. Même Malicounda! Ça bouge en titi. Denis m'a promis de danser avec moi sans trop me marcher sur les pieds. Entre nous, j'ai ben hâte de voir ça. C'est bon, j'arrête d'écrire et je lui obéis.

Au fait, est-ce que j'ai dit que, lorsqu'ils nous ont retrouvés, Kaylen est tout de suite reparti avec son père? Même qu'il n'avait pas trop le choix vu que l'explosion avait attiré les forces armées au village. On ne plaisante pas avec l'ordre!

Toujours aussi précis, Denis fit non de la tête ; tout le monde n'était pas là.

— Mia ? demanda Béa.

— Oui. Mia, mais aussi Chaussette.

— Ne t'en fais pas pour elle, répondit la jeune fille. Tu connais ma sœur. Elle veut absolument tenir sa parole. Tu te rappelles son entente avec Kaylen, si jamais la stèle avait de la valeur ?

— Justement, on n'en sait toujours rien.

— Ce n'est pas grave. Mia est peut-être une tête de linotte, mais elle n'a qu'une parole. T'inquiète pas, elle nous rejoindra plus tard…

Blogue de Mia

Voilà, on était tranquillement en train de discuter autour du feu à la belle étoile, parce qu'il faisait nuit, quand on a entendu des jappements. C'était Chaussette qui courait vers nous. Il m'a sauté dans les bras, mon brave Chaussette ! Et on a tous ri aux éclats. Ensuite, papa, Matox et les autres ont débarqué.

On était si contents de se retrouver que j'ai été la seule, sans doute, à m'apercevoir que Kaylen et son père filaient en douce. J'ai appris plus tard que si Matox n'avait pas dénoncé Magnus Korf, c'était uniquement parce que papa avait beaucoup insisté. Le chef des pilleurs de tombes les avait aidés à creuser la terre pour nous retrouver et ça lui inspirait de la gratitude. Bref. Dans un sens, ça faisait mon affaire.

Papa a tout de suite voulu toucher et caresser la stèle qu'on avait découverte. Il la regardait comme si elle était son amoureuse. C'est malade! Et nous, je veux parler de Béa et de moi, on était I-N-V-I-S-I-B-L-E-S. C'est super frustrant!

Voici les nouvelles, maintenant.

Je sais bien ce que vous vous dites à propos de ce vieux King George, à savoir qu'il ne peut pas avoir avalé tout rond le méchant chef des contrebandiers. Ce serait trop horrible et aussi trop gros pour son estomac. Le pauvre lion! Et il ne peut pas non plus avoir succombé sous les coups de couteau du mercenaire. Moi, je crois qu'il lui a simplement couru après et que le terrible Conrad Lee Grant est toujours en vie. À mon avis, le type ne décolère toujours pas. Mais, bon, à chacun ses problèmes. Ensuite, King George est reparti tranquille de son côté.

Ah, et je m'attends déjà à recevoir sur mon blogue des commentaires de certains d'entre vous: comment il a fait, le lion, pour nous retrouver? Car de Mopti à Yoyé, ça fait une sacrée trotte! Franchement, je n'en sais rien. Les lions sont peut-être comme les chiens; ils ont un super nez ou on dirait plutôt, en mots modernes, un super GPS dans la tête. Il a aussi pu simplement suivre le lit de la rivière Yami qui serpente devant le village et qui longe la falaise sacrée.

Il faut dire quand même que je l'ai nourri à la main au risque de me faire bouffer les doigts. Il a senti mon odeur et il s'en est rappelé. Ou bien, dernière hypothèse, King George a voulu revenir dans le pays qu'il connaissait avant d'être adopté par le garagiste. C'est possible. Donc, à vous de choisir. Mais, en tout les cas, il ne faut jamais sous-estimer un lion, même très vieux et même s'il porte un nom aussi bizarre que King George.

J'ai mis dans mon blogue plusieurs photos de nous, dont une de Miss Bloomdale avec un de ses grands chapeaux en toile qui protègent sa peau fragile de rousse des rayons du soleil. Vous avez vu? Hélas! je regrette maintenant de n'en avoir aucune de moi et du lion. Ç'aurait été hyper génial! Mais, si vous ne me croyez pas, Béa pourra vous confirmer toute l'histoire, à savoir qu'il y a bel et bien eu un lion dans notre aventure!

Et le garagiste? diront certains. Ben oui, faut pas l'oublier, celui-là. C'est un sacré bricoleur, ça, c'est sûr. Malheureusement, on a appris un peu plus tard qu'il avait été arrêté par la police. Il était soupçonné depuis longtemps de faire des choses louches. Alors, maintenant, son garage est fermé. C'est une bonne chose, finalement, que King George se soit enfui de sa cage un peu dorée. Chacun a le droit de choisir sa vie et son destin. Même un vieux lion.

De mon côté, le jour de la fête donnée en l'honneur d'Ankoulel et Naïté, je me suis enfuie en cachette. J'avais une dette à payer. Et, foi de Mia, je l'ai payée.

Je suis retournée sur le promontoire qui s'élève en face de la flèche de pierre sacrée des Dogons. Cet endroit domine le paysage ainsi que la rivière Yami qui coule tout en bas. J'y ai retrouvé Kaylen.

C'est sûr, Béa crierait sur tous les toits que je suis cinglée et les autres seraient d'accord, sans doute, s'ils savaient. Ce gars-là nous a quand même menacés d'une arme, hier. Mais moi, je le sais qu'il n'est pas aussi méchant que son métier de voleur le laisse croire. Ne voulait-il pas nous éviter d'être surpris par l'explosion, quand il est venu nous retrouver dans la caverne ? Et il lui fallait du courage pour se jeter sur le malfrat qui voulait nous faire disparaître ! Là encore, il cherchait à nous protéger.

Figurez-vous qu'on s'était donné rendez-vous.

Mon tout premier rendez-vous avec un garçon. Vous savez comme ça compte…

Je n'y suis pas allée les mains vides. Rappelez-vous, il fallait que je lui paie sa part. Alors, pour le récompenser d'avoir porté à moitié avec Denis la stèle gravée, même si on ne sait toujours pas si elle vaut des clopinettes, comme dirait Kaylen, ben, je l'ai payé, folle que je suis ! Je sais, j'ai pas toujours le cœur et la tête à la bonne place. Mais c'est moi et c'est tout. Je m'assume.

Payé en masques dogons.

Deux, pour être précise.

Des masques authentiques. C'est Kigalou qui nous en a offert pour nous remercier d'avoir rapporté leurs œuvres d'art. À mon tour, j'ai fait cadeau des miens à Kaylen.

Mais, le plus génial, ce n'était pas le paysage, le soleil, la chaleur et le petit sourire piteux de Magnus Korf qui devait, le pauvre, se contenter de ces deux masques.

C'était Kaylen lui-même qui me tenait les mains et qui me regardait droit dans les yeux. Il s'en voulait, j'en suis sûre. Lui aussi, il souriait.

Je vous retranscris la scène telle que je l'ai vécue pour que vous y soyez, vous aussi.

— Allez, fils, il est l'heure, lui a dit son père.

Mais Kaylen ne lâchait toujours pas mes mains.

Son père s'est alors agenouillé et il est descendu en rappel, avec des cordes, le long de la paroi.

Clic, clac, parti! Et je me suis retrouvée seule sur le promontoire avec Kaylen.

On ne disait rien. On se regardait. C'est tout.

Mais c'était déjà beaucoup. Un long regard comme on n'en avait jamais échangé auparavant. Le vent remuait mes longs cheveux. Mes mèches jouaient sur mes épaules, dans mon dos, sur mon front et mes joues. Et Kaylen me regardait toujours.

Moi non plus, je ne voyais plus rien du paysage. Je regardais dans ses yeux et c'était, croyez-moi, tout un univers que je découvrais là. Comme lui dans les miens. Enfin, je suppose. Et c'est vrai qu'il a des yeux spéciaux.

— On va se revoir, qu'il m'a dit.

Ça, je le savais déjà. En tout cas, je l'espérais. Où, par contre ? Dans quelle autre partie du monde ? Je l'ignorais.

Je le lui ai dit et il a répondu :

— C'est pas grave, t'inquiète pas, mon père, lui, il saura.

Pendant tout ce temps, encore, il ne me lâchait pas les mains. J'ai fermé les yeux à moitié. J'ai respiré très fort. On aurait dit que mon cœur voulait s'envoler. Et puis, quand j'ai cligné les cils comme il paraît que je sais si bien le faire, Kaylen était vraiment tout près de moi. Je veux dire, son visage. Il a approché ses lèvres. Je n'ai pas bougé.

Et là, j'ai senti…

« Ce n'est pas possible, que je me disais. C'est donc ça, un baiser ? »

Sur la joue. Mais de sentir ses lèvres douces, c'était super agréable.

Pour sûr, je m'en souviendrai.

J'espère seulement que, la prochaine fois, ce sera sur la bouche.

Ensuite, Kaylen a poussé une sorte de cri, vous savez, comme Peter Pan. Son fameux cocorico ! À son tour, il s'est laissé glisser avec sa corde. Hop ! Je me suis penchée. Tout en bas, sur la rivière, son père l'attendait à bord d'un canot à moteur.

J'ai longtemps regardé, jusqu'à ce qu'ils disparaissent.

C'est à ce moment que Chaussette a émis un jappement sourd. Je me suis retournée et, ensemble, nous sommes rentrés au village. Je courais entre les cailloux. Mieux que ça, je planais.

Je planais réellement.

Pour en savoir plus sur...
les Dogons

Blogue de Béa, aidée par Denis

Les Dogons, peuple de sages visité autrefois par un dieu au crâne allongé tombé du ciel ? Ou bien peuple de petits malins qui ont su intégrer à leurs croyances les découvertes scientifiques des savants européens des XVIIIe et XIXe siècles ?

C'est vrai que, officiellement, aucune plaquette ou stèle ou bas-relief n'a été découvert pour appuyer la thèse selon laquelle les anciens dieux des Dogons étaient, par exemple, des visiteurs de l'espace venus du système de Sirius.

Il est quand même troublant de savoir que cette histoire de crâne allongé de leurs dieux, eh bien, on la retrouve ailleurs dans le monde. À Nazca, par exemple, et en Égypte.

Oui, en Égypte ! Sur des cartouches, dans des temples, on peut voir la représentation du pharaon hérétique Akhenaton. Lui aussi avait le crâne très allongé en arrière, comme le dieu des Dogons. Pur hasard ou pas ?

Certains diront que les Dogons sont venus justement d'Égypte il y a très, très longtemps. Ainsi, ce ne serait pas anormal que leurs croyances ressemblent à celles des anciens Égyptiens.

Moi, ce qui m'intrigue le plus, et Denis est d'accord là-dessus, c'est que le symbole dogon pour Sirius, vous savez, cet objet bizarre en fer, eh bien, il représente exactement les orbites des étoiles Sirius A, B et C. Ces deux dernières sont des étoiles qui n'ont été découvertes qu'il y a peu de temps par nos propres savants modernes.

Alors, ça veut dire quoi, au juste ?

Mystère et boule de gomme, comme on dit.

Table des matières

La série complète :